桜木紫乃の肖像

北海共和国とクシロの人びと

A Portrait of Sakuragi Shino
The North Country and the People of Kushiro

Nam Bujin
南富鎭

作品社

桜木紫乃の肖像

——北海共和国とクシロの人びと——

【目次】

郵便はがき

料金受取人払郵便

麹町支店承認

6246

差出有効期間
2024年10月
14日まで

切手を貼らずに
お出しください

102-8790

102

［受取人］
東京都千代田区
飯田橋2—7—4

株式会社 作品社
営業部読者係 行

【書籍ご購入お申し込み欄】

お問い合わせ 作品社営業部
TEL 03(3262)9753／FAX 03(3262)975

小社へ直接ご注文の場合は、このはがきでお申し込み下さい。宅急便でご自宅までお届けいたしま
送料は冊数に関係なく500円（ただしご購入の金額が2500円以上の場合は無料）、手数料は一律300
です。お申し込みから一週間前後で宅配いたします。書籍代金（税込）、送料、手数料は、お届け時
お支払い下さい。

書名	定価	円
書名	定価	円
書名	定価	円
お名前	TEL （ ）	
ご住所 〒		

フリガナ
お名前

男・女　　　歳

ご住所
〒

Eメール
アドレス

ご職業

ご購入図書名

●本書をお求めになった書店名

●ご購読の新聞・雑誌名

●本書を何でお知りになりましたか。

イ　店頭で

ロ　友人・知人の推薦

ハ　広告をみて（　　　　　　）

ニ　書評・紹介記事をみて（　　　　　　）

ホ　その他（　　　　　　）

●本書についてのご感想をお聞かせください。

購入ありがとうございました。このカードによる皆様のご意見は、今後の出版の貴重な資
として生かしていきたいと存じます。また、ご記入いただいたご住所、Eメールアドレス
、小社の出版物のご案内をさしあげることがあります。上記以外の目的で、お客様の個人
報を使用することはありません。

桜木紫乃の肖像

北海共和国とクシロの人びと

A Portrait of Sakuragi Shino
The North Country and the People of Kushiro

Nam Bujin

南 富鎭

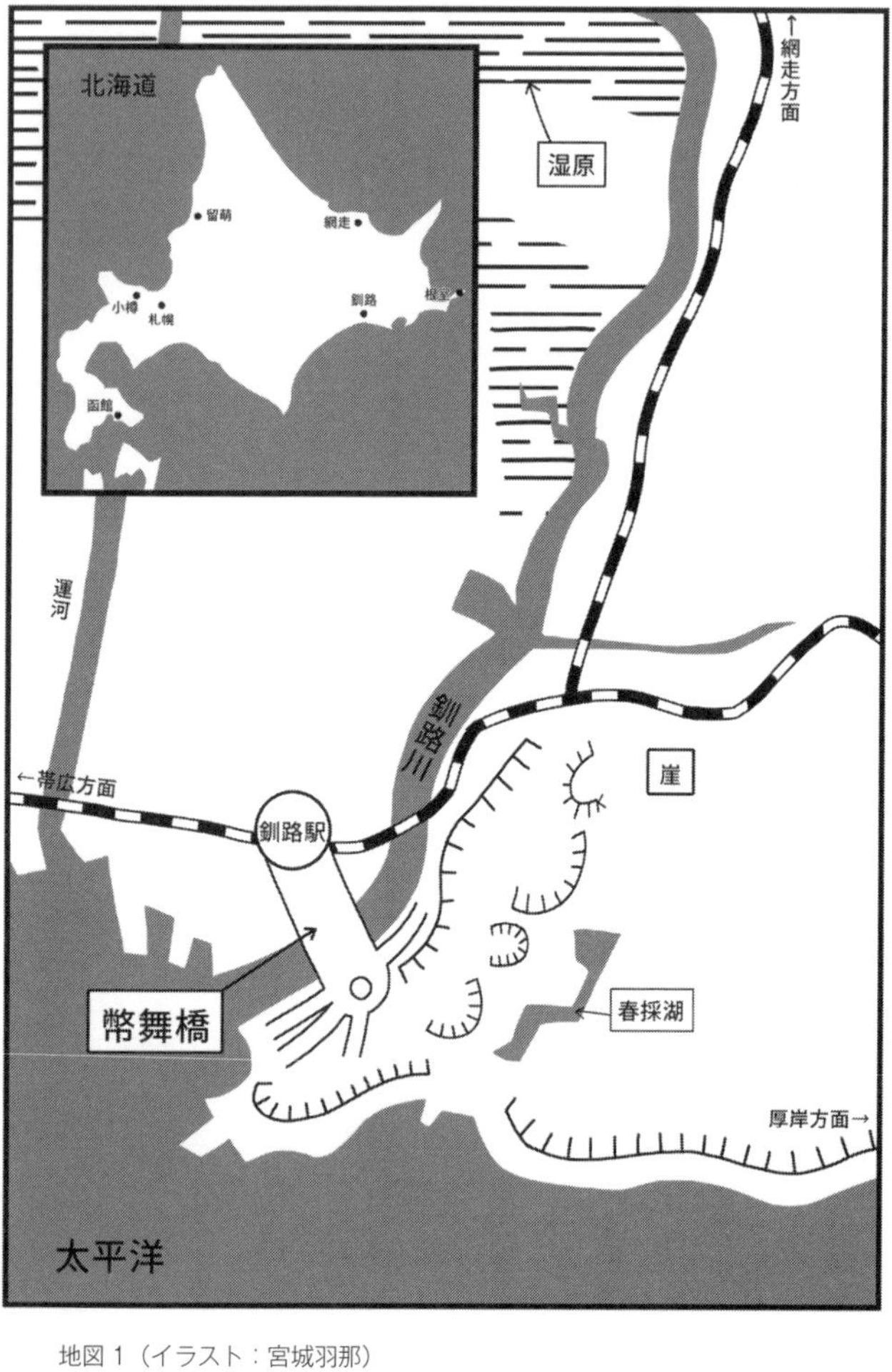

地図 1（イラスト：宮城羽那）

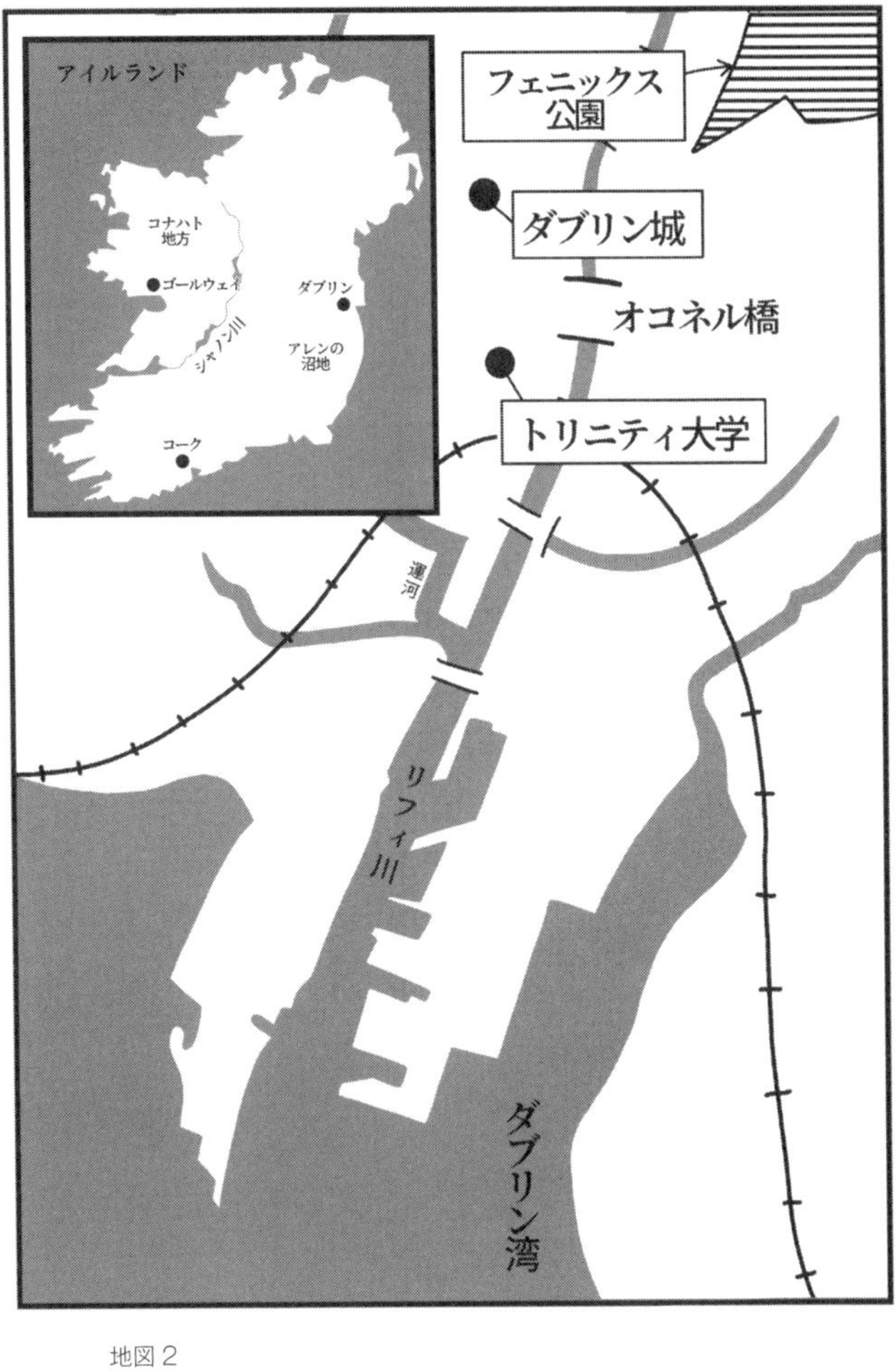
アイルランド
コナハト
地方
ゴールウェイ
シャノン川
ダブリン
アレンの
沼地
コーク
フェニックス
公園
ダブリン城
オコネル橋
トリニティ大学
運河
リフィ川
ダブリン湾

地図２

はしがき——なぜ書くのか——現代文学をめぐる疑問

桜木紫乃『砂上』には次のような衝撃的な文章がある。文芸誌の女性編集者である小川乙三《おがわおとみ》が作家デビューを夢見ている四〇歳の中年離婚女性に放った電話での厳しい一言である。

柊さん、あなた、なぜ小説を書くんですか

柊さんとは柊令央のことで、桜木紫乃の分身である。当惑した柊は「なぜ、って」と聞き返す。それに小川乙三編集者はさらに厳しく問い詰める。

「実は今日お目にかかろうと思ったのは、いったいどんなひとがこんな話を書いているのかという興味があったからなんです。熱に浮かされるみたいに匂いのいい言葉を自分に都合よく並べて小説らしいものを書こうとしているのか、それともこの題材を切り札にして世に出ようとしているのか」

じつに明快な質問である。文学研究に携わっている著者も同じ疑問を持っている。

単刀直入に言えば、小説家はなぜ小説を書いているのかである。さらに厳しい言い方をすれば、なぜ多くの小説家はどうしようもない、じつにくだらない小説を、しかも一生懸命に書いているのかである。ほとんどがゴミみたいなものではないか。創作と言いながらほとんどが以前のものを適当にアレンジした借り物に過ぎないのではないか。大概の小説というのは、創造性の有無が曖昧で、奇をてらう低次元の模倣とアダプテーションの増殖体に過ぎないのではないか。

さらにオリジナリティーの問題を絡めて厳しく言えば、ほとんどの小説は安直な剽窃まがいのものであろう。オリジナリティーなど微塵もない。同様のことは文学研究者の論文というものによく当てはまり、じつはこちらが本筋であるが、しばらくは小説家のことについて触れておく。つまり、文学研究の対象にもなる小説は、はたして意味があるのかという問題である。

日本には何百何千という各種文学賞があり、少なくともその数以上の小説家が毎年生まれ、消えている。作品の数は数えきれない。このような現象を作家たちはどのように捉えているのだろうか。

さらに文学作品に寄生しているようにも思われる文学研究者は、このような現象とどのように付き合えばよいのだろうか。これも正確な数字は分からないが、日本近代文学の研究者はおおよそ二千人ほどいると言われている。毎年膨大な数の作品論や作家論が量産されている。数えきれない。こうした状況でそれぞれの研究者は自己のいわゆる文学研究というものをどのように捉えているのだろうか。はたして文学研究というものが可能なのだろうか。もちろん私がここでそれに答えることはできない。ただ、どのように存在しなければならないのか、考えざるを得ない。

小説家や文学研究者の問題を考えるときに、次の引用が大きな参考になるかもしれない。久米正雄、太宰治、村上春樹の小説観である。それはオリジナリティー（創造性）の問題と深く絡む。

> 結局、すべて芸術の基礎は、「私」にある。それならば、その私を、他の仮託なしに、素直に表現したものが、即ち散文芸術においては「私小説」が、明らかに芸術の本道であり、基礎であり、神髄であらねばならない。それに他を借《か》りるという事は、結局、芸術を通俗ならしむる一手段であり、方法に過ぎない。（久米正雄「私小説と心境小説」▼1）

併しこの場合、芸術になるのは、東京の風景ではなかった。風景の中の私であった。芸術が私を欺いたのか。私が芸術を欺いたのか。結論。芸術は、私である。（太宰治「東京八景[2]」）

最初の話に戻りますが、「オリジナリティー」という言葉を口にするとき、僕の頭に浮かぶのは十代の初めの僕自身の姿です。（村上春樹「オリジナリティーについて[3]」）

久米正雄は文学におけるオリジナリティー（芸術の基礎）を考えるときに、フィクション性のものを、所詮は創造性の欠けた「作り物」に過ぎないと厳しく批判しながら、創造性の根幹として唯一無二の存在的なオリジナリティーである「私」を想定したのである。久米正雄が批判した作り物とはいわば模倣性であり、類似性であり、アダプテーションのことであろう。つまり、究極的には「本ものの〈私〉か、偽ものの〈私〉か」によって創造性の有無が決定されるという認識で、本当の「私」こそ唯一無二のオリジナリティー的な存在ということになる。

同様の発想は、太宰治「東京八景」の「結論。芸術は、私である」というかの有名な言葉であろう。さまざまな風景の中に生きる「私」が真の芸術という指摘である。同じ発想はやや意外だが、村上春樹にも見られる。村上春樹はオリジナリティーの引例として、ビートルズについて書いたニューヨーク・タイムズの記事文を引用するかたちで、オリジナリティーとは、「新鮮で、エネルギーに満ちて、そして間違いなくその人自身のものであること」という見解を示している。[4]

なぜ書くのかとは、根源的にこうしたオリジナリティーの問題と密接に関わると思われ、さらにオリジナリティーとは、どうも作家の自己（どこか「私」や「僕」的なもの）に根付いているような気がする。それは必ずしも「私」を視点人物とする私小説を意味するのではない。作家という「その人自身のもの」である。作家の個々にこそ創造的なオリジナリティーが胚胎し、そのような自己の文学的表白にこそ、小説を書く真の意味があるのではないだろうか。独創的なオリジナリティーをいかに提示するか、つまり自己の世界（ワールド）をいかに文体と内容で構築できているのかが根源的に問われなければならないと思っている。それ以外は大概が他人の真似事に過ぎない。

繰り返しになるが、同様のことは文学研究者の論文によく当てはまる。文学研究は真実を明らかにする作業ではないことを著者は繰り返し述べてきている。文学研究はそれ自体として客観的に存在するものではない。「文学研究とは自己の文学である」というのが著者の持論である。いわば「自己の文学」である。文学研究が「研究者自身の文学」にならなければならないと思っている。この論理は小説家にもそのまま適用できる。「なぜ書くのか」というのは、「自己の文学」と密接に関わっており、そうした自己の文学に作家のオリジナリティーが胚胎するからである。また「その人自身のもの」というオリジナリティー性において、「なぜ書くのか」という答えの本質的な意義が見出されるように思われる。

冒頭に引用した『砂上』の小川乙三編集者は当惑した柊令央を諭すかのように救済の一言を発する。

「今までのお話をすべて捨てて新たに構築しなおした、使い回しのきかない一本を書いてみる気はありませんか」

小川乙三編集者の言う「使い回しのきかない一本」とは、村上春樹の言う「その人自身のもの」であろう。オリジナリティーのことである。

結論的に言えば、本書で取り上げる桜木紫乃の文学こそ現代小説のなかでは珍しくも「なぜ書くのか」という抽象的な質問によく答えているように思われる。その内容と構成には書かれなければならない必然性のようなものがある。個別作品は自己の生の表出で、同じ風景を生きる他者の生と深く結びついている。それゆえ、オリジナリティーを醸し出しているのである。要するに、「その人自身のもの」とほぼ一体化する「使い回しのきかない一本」として北海道や釧路の人びとの世界（ワールド）を凝縮している。著者が、日本現代文学の中で桜木紫乃について特別に注目したのは、「なぜ書くのか」という重大な命題が、桜木紫乃の世界の中で凝縮されたオリジナリティーとして顕在しているからである。

注

▼1 石割透編『久米正雄作品集』(岩波文庫、二〇一九年)に収録。
▼2 太宰治『富嶽百景・走れメロス他八編』(岩波文庫、一九五七年)からの引用。
▼3 村上春樹『職業としての小説家』(新潮文庫、二〇一六年)に収録。
▼4 注3に同じ。

序章

クシロの人びと

――クシロとダブリン

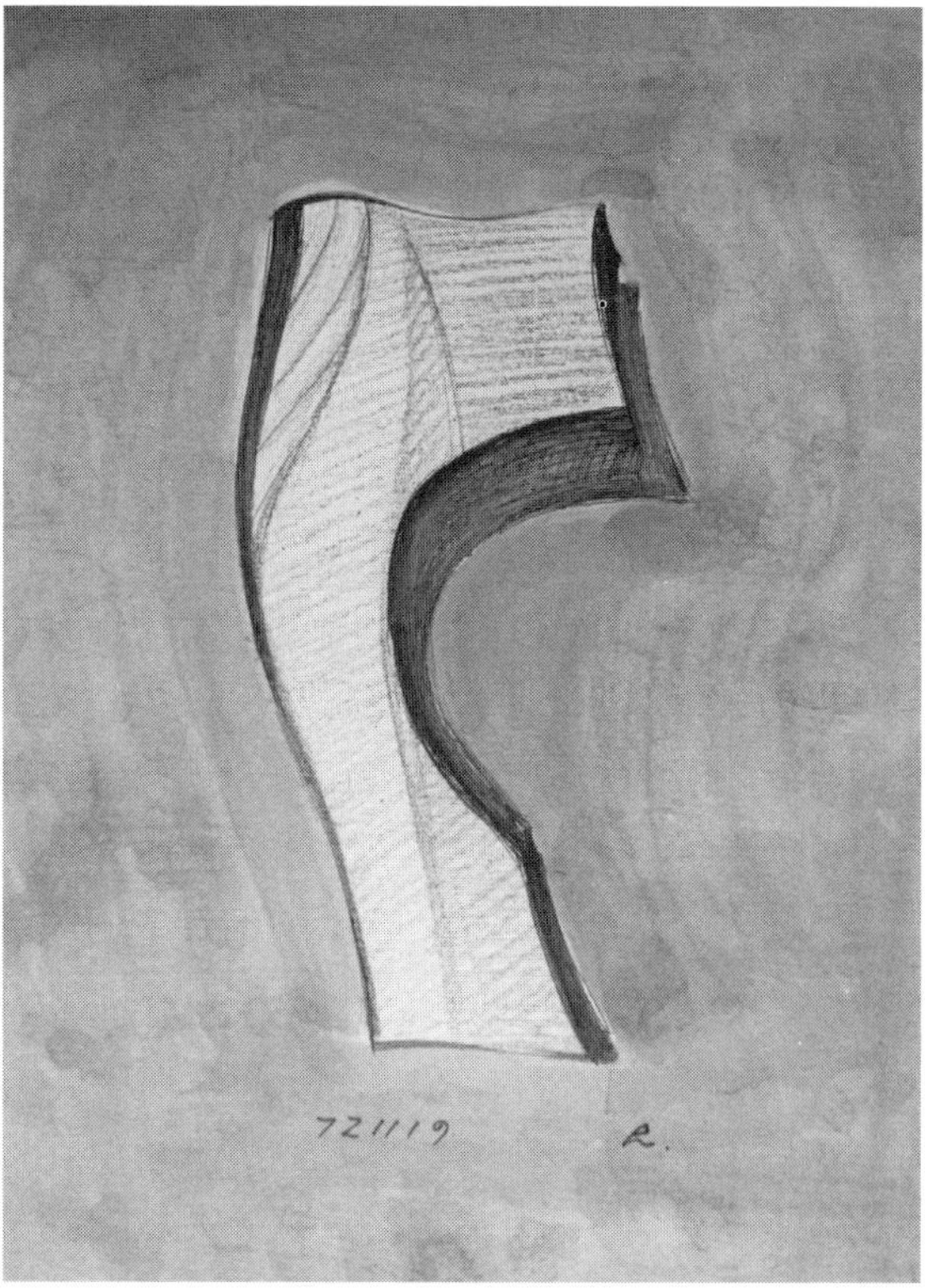

飛翔（米坂ヒデノリ、著者所蔵）

桜木紫乃の作品には背景としてしつこいほど釧路の街が登場する。釧路があたかも一つの人間模様の宇宙を成している。クシロという特殊な街を前提にしなければ桜木紫乃の文学世界は成り立たない。それはあたかもジェイムズ・ジョイスにおけるダブリンに匹敵する。

ジェイムズ・ジョイスの代表作『ダブリンの人びと』『若い芸術家の肖像』『ユリシーズ』などは作品とアイルランドの首都ダブリンとがほとんど融合され、両者を分離することは難しい。ジェイムズ・ジョイスは英国の植民地支配下にあるダブリンの市民に漂う鬱屈した閉塞状況を描くことで、「アイルランド人とはいかなる者か」を、凝縮して創り上げた。それをベネディクト・アンダーソン『想像の共同体』の国民国家論法でいうと、[1] アイルランド人は当初から存在するものでなく、ジェイムズ・ジョイスの想像によって創り上げられた民族と言うことも可能かもしれない。ジェイムズ・ジョイスの文学のなかにアイルランド人が存在し、アイルランド人とはジェイムズ・ジョイスによって凝縮され、統合された性質が大いにある。

ジェイムズ・ジョイスが偉大な小説家であることは、バラバラな状態の民族的性質を自己の内部に取り込み、それを自己内部で凝縮し、一つの個体としての民族共同体の普遍的幻想を提示しているからであろう。そこに誰もが真似できないジェイムズ・ジョイスのオリジナリティーが存在する。普遍の創出である。その小規模な企てがシャーウッド・アンダーソン『ワインズバーグ、オハイオ』であり、レイ・ブラッドベリ『火星年代記』であろう。それをジェイムズ・ジョイスに匹敵する大きな規模で企てているのが桜木紫乃であろう。もちろんジェイムズ・ジョイスがそうであったように、桜木紫乃も無自覚である。

　桜木紫乃のクシロはジェイムズ・ジョイスのダブリンに匹敵する意味をもっているのが著者の見解であり、本論の核心である。ジェイムズ・ジョイスがダブリンの人びとを通してアイルランド人を凝縮したように、桜木紫乃はクシロの人びとを通して北海人を凝縮している。桜木紫乃のオリジナリティーによって凝縮された北海道はたんに日本の北にある大きな島ではなくなる。北の辺境にある地方としての北海道人（いわゆる道産子）ではない。それは新たな共和国の姿をしている。▼[2] 著者はそれを「北海共和国」と命名し、本書の題にした。北海共和国としか呼びようがないものである。

　ダブリンとクシロ、アイルランドと北海道を比較して論じる時には以下の二点についての理解が前提になるだろう。

(1) 地政学的な類似

地政学的に北海道はアイルランドと近いかもしれない。北海道の総面積（八三平方メートル）はアイルランド（七〇平方メートル）に近い。総人口においてもほぼ同じ規模（アイルランド五一〇万、北海道五二八万）である。北半球に位置する緯度や平均気温においてもさほど相違はない。やや縦長の四角の地形も似ているのである。なによりすぐ隣にもう一つの大きな島国を抱えている配置関係も同じである。もしもアイルランドをイギリスの北に位置したならばその類似性はさらに高まるだろう。

アイルランドと北海道の類似性は地政学的、風土的な側面だけでなく、その歴史性においても重なるところがある。周知のように、北海道は旧蝦夷地で、明治以降の本土人の植民によって形作られている。いわば植民地である。おのずと植民地的な文化風土を色濃く呈している。同じくアイルランドは長年におけるイギリスの植民地であった。独立したのは一九二二（大正十一）年であった。

こうした風土と環境、あるいは植民や被植民地という歴史性の類似が両者の胚胎する文化や思想においても強く影響しているように思われる。それをよく表しているのがそれぞれの人間像を描いている文学なのであろう。

地政学的な類似を考えるとき、きわめて大きな特徴の一つは、アイルランドの首都であるダブリンとクシロの類似性である。いずれも市街地の東側は海に面する港で、市街地は大きな川によって区画される。リフィ川と釧路川である。大きな川を、市街地を象徴するかのような大きな橋がつないでいる。街を象徴するオコンネル橋（グラッタン橋など）と幣舞《ぬさまい》橋とが対照的である。海に近い街には霧がよく発生し、街の郊外には湿原や荒地が広がる特徴においても類似している。また川を挟む両都市の片方（リフィ川北地域、釧路南地区）は高台になっており、もう片方（リフィ川南地区、釧路北地区）は低湿地をなしている。低湿地にはともに大きな運河が横たわっている。

このように（地図1、地図2参照）、ダブリンとクシロは都市空間的な構造においてきわめて類似した街である。こうした地政学的、風土的な類似は両者の植民地的な歴史と重なり合い、思想的な基盤をなしている。それがもっとも先鋭に表れているところが文学であろう。

（2）飛翔への夢――ダブリンの人びと、クシロの人びと

ジェイムズ・ジョイスが描き出し、あるいは創り出したダブリンの人びとの特徴を理解することは、アイルランド人を理解することとほぼ重なる。同様にクシロの人びとを理解するのはいまだ未完成の共同体の風貌さえある北海道を理解する近道となる。それではダブリンの人びとはいかなる人たちであったのだろうか。

ジェイムズ・ジョイスは『ダブリンの人びと』のなかで、ダブリンの人びとの最大の特徴を

「喜んで虐げられている者たち」（the gratefully oppressed）であるとし、精神の内部を巣くう麻痺性（paralysis）について辛辣に批判している。精神的な麻痺性、暗鬱性、虚勢、付和雷同性、根源的な欠損、飛翔への欲望、挫折の自己満足等々の性質が、民族の根源的な悲哀性と暗鬱性の基調をなしていると批判している。大陸（イギリスや世界）を絶えず志向しながらもその飛翔は挫折し、そうした自己への歪な肯定がまさに「喜んで虐げられている者たち」であると指摘している。脱出への願望から飛翔への思いを募らせながら、現実によって挫折し、日常への鬱屈した心情を内面化していくのがダブリンの人びとの共通する性質である。ジェイムズ・ジョイスの文学にはこうした挫折が予見される飛翔への思いが繰り返し述べられている。おそらくジェイムズ・ジョイス文学の出発が「飛翔」なのであろう。そして飛翔の挫折が「墜落」として想定され、その後のさらなる魂の再生と祈りへ向かうのである。

ジェイムズ・ジョイス『若い芸術家の肖像』は飛翔への観念で連ねられているが、以下の結末の箇所はジェイムズ・ジョイス文学の結晶体とも言えるだろう。城からの脱出を目指して羽を作った古の工匠ダイダロスと、太陽をめざして墜落していくイカロスの悲劇にアイルランド人（ダブリンの人びと）が重ねられている。

四月十六日　飛べ！　飛び立つんだ！

いくつもの腕と声がぼくを魅惑する。白い腕はあたかも道のように伸びて固い抱擁を約束し、黒い腕はあたかも月明りを背景にした大きな船のように遠い国々の話を語りだす。彼らはささやきかける。わたしたちはみな独りである、さあ、おいで、と。また声らはささやき合う。わたしたちはあなたの仲間ですよ、と。周囲は友の誘い声で満ちあふれ、仲間の皆が狂気に満ちた青春の翼を羽ばたかせながら、ぼくの出立を促している▼3。

桜木紫乃の文学の神髄もこのような若い青春の飛翔にある。次々と飛翔が試みられ、脱出し、放浪し、挫折してなお飛翔を求める凍土の人間たちの根源的な悲哀が漂う。たとえば、四十歳を超えてなおストリップダンサーとしての再起をめざす『裸の華』の女主人公ノリカの執念と悲哀がそのよい例になるかもしれない。

ファンファーレのあと、サブローの開演アナウンスが入った。

「レディース&ジェントルメン、大変長らくお待たせいたしました。ハマミュージック、師走の最後を飾る今週の、トップは劇場復帰初日のノリカさんです。みなさまごゆっくりお楽しみください」

幕が上がって、一音目が入った。

ボラーレ――飛ぶ
カンターレ――歌う

背中の羽がノリカの体を持ち上げた。両腕を交差させ、頭上に伸ばすとタンバリンが気持ちよく鳴り響いた。スイッチが入ったように客席から手拍子が湧く。かぶり席には知った顔が七割、見知らぬ顔が三割。壁に並んだパイプ椅子の三つ目だけがぽっかりと空いていた。オガちゃん、見える？　ノリカは壁の席に向かってタンバリンを振る。右、左、中央、そしてミキサー室のサブローへ。小屋の視線を両腕でかき集める。関節の許す限り、可動域を広げ、世界を広げ、心を広げて踊る――。

ボラーレ――飛ぶ
カンターレ――歌う

飛翔を夢見、絶えず挑戦する。しかし、それがまた新たな挫折をもたらすことも予見されているが、飛翔せざるを得ない宿命を背負っている。ジェイムズ・ジョイスのダブリンの人びとがそうであり、桜木紫乃の北海道やクシロの人びとがそうなのである。しかし飛翔は必ずしもそれが政治的な目標や立身出世的な方向ではない。芸術的な魂の飛翔である。これがジェイムズ・ジョイスと桜木紫乃の基本姿勢である。政治的な飛翔、立身出世的な飛翔は必ず挫折する。当初から挫折するように仕込まれているという発想である。飛翔を妨げる要素を自己内部に備えているからである。

ジェイムズ・ジョイス『若き芸術家の肖像』において、政治的な闘争でアイルランド独立のアイデンティティーを模索する友人ディヴィンに、主人公スティーヴン・ディダラスは次のように諭す。

――魂が誕生するのはね、スティーヴンがぼそっと言い出した。まずは以前にも話したようにあの瞬間なんだよ。魂は暗闇のなかでゆっくりと生まれる。肉体の誕生より遥かに神秘的な誕生なんだ。一人の人間がこのアイルランドに生を受けるときには、彼の魂が飛翔を試みないようこの地に縛りつける網がかけられる。きみはぼくにアイルランド人の民族性、アイルランド人の母語、アイルランド人の宗教のことを言ったよね。ぼくはそうした網をくぐり抜けて飛んでみせるよ。

ディヴィンはパイプの灰を叩き落した。

——スティーヴン、きみの言っているのが難しすぎるよ。やっぱり人間にとっては生まれ故郷が一番大事だと思う。アイルランドが第一さ。スティーヴン、きみは詩人や神秘主義者になったほうがいいかもね。

——ディヴィン、きみはアイルランドがどんなものか知っている？　スティーヴンは冷たく訊き返した。アイルランドは自分の子を食らう老いたメス豚さ。▼4

主人公スティーヴン・ディダラスの発想は北海道文学にも見られる。釧路に近い道東を背景にしている中澤茂の戯曲「鴎の店」である。スティーヴン・ディダラスや友人を支配する雰囲気がきわめて類似している。飛翔への夢と飛翔への挫折である。

船具店の番頭である北島と東京の音楽学校に進学したいという糸子との会話である。糸子は片脚が不自由で、船具店の壁には鴎の剥製と猟銃がかけられているという舞台設定である。

北島：学校おわつたら、音楽学校へ行きたい？
糸子：行きたいわ。……でも、諦めてるの。
北島：糸子は船具屋のお神さんになるひとだからね。
糸子：だから、諦めてるの。糸子、船具屋のいいお神さんになつてみせるわ。もう半分死んだ気だもの。
北島：そりゃね行かせてあげたいさ。でもそうはゆかないんだ。だんだんわかつて来るけど、人間の生活つて、そうしたものなんだ。みんな翼《つばさ》の下に、一発づつ、銃丸《たま》を射込まれている。飛ぶ意思があつても飛ぶことが出来ない。この叔父さんもそうだし、糸子のお母さんもそうなんだ。ばたばた羽根を動かして、家の中を歩きまわつているだけさ。
糸子：私、ヴァイオリン、よしますわ。▼5

作品の最後に、糸子の「糸子、飛ぶわよ！　飛ぶわよ！」と空しい反響音が響くなか、密輸罪で警察に追われていた北島は猟銃で自殺する。飛翔を夢見た糸子の夢は猟銃で撃たれた剝製の鴎のような状態となる。剝製の鴎、片脚の不自由な糸子は飛翔の挫折を暗示するものであろう。ジェイムズ・ジョイスはそのようなダブリンの風土を、精神的な麻痺性（paralysis）と指摘していた。麻痺性とは身体だけではなく、むしろより大きな意味では精神の麻痺を暗示するものである。

桜木紫乃の習作「七月のシンデレラ」では恋人トシヤの子を妊娠した二十歳に満たない女主人公が屈斜路湖畔の砂場で、人工中絶と別れを決心するが、その理由とは飛翔への予感からである。

一五までの私は、ママのところにいる。それからの二年間はトシヤのものだ。私の背中で、

小さな羽がかゆみに耐えるようにして、うずうずと動いていた。▼6

こうした飛翔への本能的な思いは、その方向性としては昇華、変身願望、脱出願望によるが、その付随としてしばしば放浪、凝縮、自己閉鎖、挫折をもたらす。あるいは一瞬の輝きのあと、死滅していく人間曼荼羅の一群像をなしていく。釧路川のように前進と停滞と逆流を繰り返しながら、クシロの人びとは最終目的地である海をめざして流れていく。これが桜木紫乃文学の神髄で、それは同時に人間存在の大きな普遍とも合致する。つまり、桜木紫乃のクシロの人びとは北海道の人びとの姿であり、それはまたダブリンの人びとやアイルランドの人びとの姿であり、終局的には人間存在の普遍的な姿となってくる。いわば特殊でありながら大きな普遍である。それは普遍をめざして到達していく方向ではなく、普遍をみずから生み出していく行為である。そこに真のオリジナリティーが宿る。

それでは桜木紫乃が描くクシロの人びとはいったいどのような人間たちなのであろう。桜木紫乃がめざした、政治的ではない、真の魂の飛翔とはどのようなものであろうか。

注

▼1　ベネディクト・アンダーソン『定本・想像の共同体——ナショナリズムの起源と流行』（白石隆・白石さや共訳、書籍工房早山、二〇〇七年）を参照。

▼2　梅棹忠夫には文明生態史観による「北海道独立論」（『日本探検』に収録、講談社学術文庫、二〇一四年）があるが、その趣旨は本書とは全く異なる。

▼3　本文引用は著者の訳である。多数の日本語訳があるが、著者の原文理解とはやや異なり、ここでは使用しなかった。

▼4　本文引用は著者の訳である。多数の日本語訳があるが、著者の原文理解とはやや異なり、ここでは使用しなかった。

▼5　中澤茂「鴎の店」（『札幌文学』第一一号、一九五三年）。

▼6　桜木紫乃「七月のシンデレラ」（『釧路春秋』第四七号、二〇〇一年）。引用文中の「トシヤ」は「私」の恋人。

第Ⅰ章

桜木紫乃とクシロの春夏秋冬

幣舞橋（木島務、著者所蔵）

第一節　橋（春）

釧路は一つの橋が街を象徴する。幣舞橋である。たった一つの橋が街のシンボルとなるケースは珍しい。釧路と幣舞橋のように濃厚な結びつきは他の場所ではほぼ類例がないと言える。釧路文学は基本的に幣舞橋を離れて成立することはない。原田康子文学においてもそうである。桜木紫乃が描く釧路にもほとんどの場面において幣舞橋が登場する。釧路の人びとはさまざまな目的と理由でこの橋を渡っている。橋は象徴性さえ帯びている。あたかも北海道と本州をつなぐ青函連絡船や青函トンネルのようでもある。すべての道はこの一本の橋を通っているのである。

幣舞橋は、釧路駅前のメインストリートの橋であり、釧路川の最下流に架かる橋でもある。幣舞ロータリーは国道三八号終点と国道四四号の起点になっている。

幣舞橋は、一八八九年に北海道内でもっとも長い木橋「愛北橋」として架橋されたのが始まりである。有料の民営橋であった。その後、一九〇〇年、官設となる木橋が架けられ、地域の名称から初代「幣舞橋」と名づけられる。しかし、この初代木橋は夏場の増水や冬場の結氷や流氷によって倒壊と再建を繰り返し、一九二八年、おおよそ四年の歳月をかけて永久橋が完成される。この四代目の幣舞橋は歩道と車道が分けられ、車道は片側二車線になった。優雅なアーチを描くヨーロッパ風のデザインと橋上に設置された四基の大理石によるオベリスクは、頑丈なだけでなく美しさも兼備しているとして高く評価された。豊平橋（札幌市）、旭橋（旭川市）と並んで「北海道三大名橋」と称される。

一九七六年、老朽化と渋滞緩和を目的に新たな橋の建設が始まる。設計は市民参加型で行われ、橋脚上には四人の彫刻家による作品「四季の像」が設置されている。一九七六年十一月に現在の五代目「幣舞橋」が完成する。翌一九七七年五月には橋脚上の彫刻「道東四季の像」が完成し、除幕式が行われた。

「道東四季の像」は釧路と道東地域の春夏秋冬を表現したもので、市民運動によって提案されて資金が集められ、橋脚上に彫像が取り付けられるのは日本国内で初めての試みであった。▼1

（1）出会いと別れ――習作期の作品

幣舞橋は釧路の霧とともに桜木紫乃文学の中心部分をなすものである。幣舞橋が登場しない作品の方がかえって少ないかもしれない。物語の始まりでもある。幣舞橋の上での出会いと別れは、桜木文学の出発とほぼ同時に始まっている。

あまり注目されていないが、桜木紫乃のデビューは意外に遅く、その習作期間は現代作家としてはもっとも長い部類に入る。桜木紫乃ほど習作期間が長い作家は少ないだろう。古い言い方をすれば、「苦節二十年」という表現が適切かもしれない。その間、詩集を三冊ほど刊行し、同人誌である『釧路春秋』や『北海文学』で習作を重ねてきている。いわば同人誌作家と言ってよいだろう。同人誌作家といえば、同じく釧路出身の原田康子『挽歌』を思い浮かべるであろう。桜木紫乃文学に大きな影響を与えたのが原田康子である。両者はデビュー前に、釧路在住の鳥居省三が主宰した同人誌『北海文学』や『釧路春秋』で多くの作品を発表している。桜木紫乃のスタートはこれらの雑誌から始まっていると言っていい。

しかし、桜木紫乃の多くの習作はそのほとんどが未刊行のままになっている。ほぼ葬られている状態である。デビューした後にそれらに少し手を加えて再度発表した作品は少ない。これは作家自身が習作期とデビュー以後の作品成果を峻別したからである。分かりやすい言葉で言うと、切り捨てたことになる。あるいは一つの世界を葬り、新たな世界への変身を遂げたという解釈も可能である。その落差は、蝶が以前の蛹の面影を留めないことと同じくらいである。桜木紫乃の習作期とデビュー以後はそれほど顕然たる落差がある。崖上と崖下のような位置感覚である。習作期の一連の作品とデビュー作品集『氷平線』を並べると、同じ作家の作品とは思えないほどである。これは桜木紫乃文学の大きな謎でもあり、また本質でもある。それではどのような落差があるのだろうか。

やや厳しい言い方をすれば、桜木紫乃が同人誌に発表した習作期の作品の多くは小説と呼べるようなものではない。総じて言えば、文学少女の感傷の域を脱していない。デビュー以前の詩作に見られるような思いつめた感傷的な詠嘆が多用され、文学少女的な思わせぶりの未熟さが漂っている。不要な改行や感傷を強いる無理な体言止め、成熟していない観念的な言葉に練られていない文章が反復される。あたかも砂のようにバラバラな構成である。じじつ砂が多く登場する。文章は描写より感傷主義が先走る。文芸サークルや同人誌でよく見られる思わせぶりな作品がほぼ四十歳近くまで続いている。もちろん自己文体は完成していない。むしろこうした文学少女的な感傷を四十二歳まで持続する方が難しいかもしれない。しかし、そこからいきなり『氷平線』が出てくる。その変貌は飛翔としか言いようがない。

桜木紫乃の大きな成果はこの自己凝縮力と飛翔への強い願望を維持し、崖の上の閉塞した城から飛び立ち、大空を実際に飛んでみせたことにあるだろう。著者はこの現象を桜木紫乃文学の重要な要素になっている「砂感覚」「星感覚」、さらに「蓋感覚」「旅感覚」「羽感覚」などから探し求めているが、それについては後述する。

著者は、桜木紫乃の習作期作品のほとんどは注目に値するものがないとまで断言したが、そこには例外になる作品が二つほどある。時期的にはデビュー作『氷平線』に近い『雷鳴』と「明日への手紙」である。やや私小説的な要素が強く感じられる両作には桜木紫乃世界を形成する主要テーマや感覚の芽生えがみられる。とくに『雷鳴』の完成度は高い。「明日への手紙」は桜木紫乃の作品のなかでもっとも私小説的な作品である。高校三年次の生活、ラブホテルの清掃や事務作業、文芸への強い思い、裁判所への就職などの過程が率直に描かれている。もちろん長い習作期なので、「砂感覚」「星感覚」「蓋感覚」「旅感覚」「羽感覚」の片鱗はみられる。しかしそれがバラバラの砂を握ったような構成で、小説というかたちとしては凝縮されていないのである。

さて、初期の習作のなかで、幣舞橋が登場している作品をいくつか紹介する。先に紹介した「明日への手紙」である。

主人公の私（秋野喜久）は高校三年生で、大学進学を諦め、父親が経営しているホテルカリビアンの清掃と事務仕事に明け暮れている。ホテルカリビアンは釧路湿原が望まれる崖の上にあるラブホテルである。母は家出し、賭けごとが好きな父は入院中である。そうした私には中学校から好きだった杉田君がいるが、それは私の片思いで、私は返事が来ない手紙を杉田君にしばしば書いている。私は文章を書くのが好きで、「何かを書く人になりたい」と漠然と思っていた。しかし家庭環境から就活も諦め、家業のラブホテル掃除を続けながら、読書感想文を書いたり、杉田君へ無意味な手紙を書いて送ったりする。

そんなある日、木島涼子という中年婦人がアルバイトでホテルカリビアンに入ってくるが、木島はヤクザ親分の娘で、夫を二人も抗争事件で亡くし、しばしば逃亡を繰り返していた。涼子は私の将来について心配し、自分の意思で「お外」へ一度出ることを勧める。私は彼女のアドバイスに刺激され、ラブホテルの掃除と管理で閉じ込められた湿原からの脱出を決心し、卒業後、ハローワークで裁判所事務の仕事を見つける。幸い裁判所事務採用試験に合格し、私は晴れて公務員となる。釧路の遅い桜が咲く時、私は崖の上の裁判所から赤い夕陽を眺めながら崖下の幣舞橋を渡る。「お外」での新たな生活がようやく始まる。ちょうどそのとき、幣舞橋の反対側から好きだった杉田君が彼女と腕を組んで歩いてくる。幣舞橋の真ん中で二人はばったり出会うのである。

幣舞橋の上での気まずい再会は次のように描かれている。


大通りへ続く橋を渡った。半分まで行くと、前からいちゃいちゃしながら近づいてくる二人連れ。杉田君だ。中学校を卒業した頃よりも背が高くなっている。女の子は可愛いトラッドだ。チェックの膝丈スカートが似合っている。杉田君はウオッシュアウトしたジーンズ、こんなに脚が長かったかな。どんな顔ですれ違えばいいんだろう。三メートル、杉田君がや

っと私に気付いた。▼2

将来「何かを書く人になりたい」と告白した相手と幣舞橋の上で出会う。相手の杉田君は彼女を連れており、一本橋の上では避けようがない。釧路の崖上の南地区と崖下の北地区を結ぶのは幣舞橋がほぼ唯一のものである。一本の橋によって街が二つに分かれ、南北を移動する人びとは必ず幣舞橋を通る。幣舞橋で交錯する。避けることができない出会いと別れが橋の上で行われる。主人公の私は杉田君との幣舞橋での偶然の再会をとおして、杉田君と別れることになるが、それが橋上を吹く風のように「すがすがしい」気持ちをもたらす。

もう一つ習作を紹介する。「ジントニック」である。概要はこうである。

三十四歳の石井香子は北海道のはずれにある港町、人口二〇万ほどの地方都市で暮らしている。高卒でインテリアの卸売りメーカーに就職して十六年間勤めている。インテリアコーディネーターという名の仕事であるが、顧客とメーカーとの板挟みになってトラブルは絶えない。そんなトラブルがあったある日、彼女はホテルラウンジで中年の男に声をかけられ、ジントニックを奢られる。お酒に酔った勢いでこの行きずりの男と一夜を共にする。翌日、自分に嫌気がさしていたところ、中央の大手メーカーからスカウトの誘いを受け、月明かりに照らされた「橋の上のブロンズ像をながめ」ながら、進路に思い悩む。そしてブロンズ像のある橋の上で例の行きずりの男にばったりと出会う。

潮が満ちてきたのか河が逆流している。橋の下の小さな公園には、寒空にもかかわらず二組のカップルがベンチに腰を下ろしていた。河をながめている香子のことなど目の端にも入らぬ様子だ。

橋の下の地下道にタイルを蹴る足音がしてそちらに目をやると、一人の男がくわえタバコで歩いてくるのが目に入った。男も香子に気がついた様子だ。足を止めた。あの夜、ジントニックを伴って香子を通り過ぎた男が今、目の前にいる。予測していたような気まずさは不思議となかった。こんな小さな街では、こんな事があったとして何も不思議ではないだろう。

「久しぶりね」

三メートルの距離を静かに縮めながら男が歩み寄る。

「あぁ、本当だ」

「毎日ここで待ってたのよ▼3」

中央大手メーカーのスカウトという大きな岐路に、香子は行きずりの男を幣舞橋でなにげなく待っていたのである。幣舞橋で待っていれば会えるかもしれない期待があったからである。行きずりの男と再会したあと、二人でまたもやジントニックを飲んだ石井香子は「波に飲み込まれてもいい」と最終的に転職を決心する。男とは「橋のたもとで小さく手を振」って別れる。幣舞橋が偶然の出会いと別れ、新たな出発の起点になっている。変化をもたらす通路ともなっているのである。

もう一つ習作期の作品を紹介する。「別れ屋伶子番外編」である。「別れ屋伶子」は一九九九年四月の『北海文学』に連載第一回が発表され、翌月の五月に『釧路春秋』（第四二号、一九九九年）に「別れ屋伶子番外編」が掲載され、さらに『北海文学』の八六号に連載第二回、八七号に最終回が発表されている。[4] 桜木紫乃の最初の長編連載小説であるということに意義があるかもしれない。また代表作『ホテルローヤル』や『星々たち』のようなオムニバス形式の原型となる最初の作品でもある。もう一つの特徴は女主人公の一風変わった名前である。周知と思われるが、「伶子」は戦後最初の一大ベストセラーになった原田康子『挽歌』（一九五六年）の「兵藤怜子」の名前と似ている。桜木紫乃が原田康子を過度に意識し、類似の名前を使い、類似の性格を付与したものと思われる。いわば真似たとも言えるが、伶子の造形は後の『無垢の領域』でも秋津伶子として名前が踏襲され、『ブルース』の孤独な一匹オオカミ的な存在へと収斂していく。「別れ屋伶子番外編」の筋はこうである。

女主人公鈴木伶子は人を別れさせることを裏の仕事にしているいわゆる「別れ屋」である。

バー「銀子」が連絡窓口である。ある日、そこに夫の萩原の暴力と妊娠拒否に耐えかねた妻一美の依頼を受ける。伶子は、夫の勤務先に派遣社員として潜り込み、萩原を巧みに誘惑する。萩原一美は結婚十五年になる夫と別れて新たな出発をすると決心し、離婚の口実を必要としていたのである。萩原は思惑どおりに伶子の住まいに誘い込まれ、その現場を隠れて待機していた妻の一美に目撃させる。これで二人の離婚が成立する。その二か月後、伶子は依頼者の一美から呼び出されて幣舞橋公園で再会する。

二ヵ月後一美に呼び出され、霧の去った幣舞公園で再会することになった。普段は仕事が終わってから依頼者に接触することのない伶子だったが、どういう訳か今回に限り気になっていたせいか承諾した。夏より夏らしい九月の日差しを向きの変わった風が眩しそうに眺めている。この季節感のズレこそがこの街で生きる人間のエネルギーなのかもしれないと思いながら公園に入って行く[5]。

新しい出発の気持ちを伝えるために一美は伶子を幣舞公園に呼んでいる。「霧の去った」幣舞公園や眩しそうな風は新たな出発の暗示であろう。他方で釧路の「季節感のズレ」は萩原夫婦のズレと離婚の暗示でもあろう。この「季節感のズレ」は桜木文学の主要なテーマとも絡んでくる。

こうした「季節感のズレ」が北海道と釧路、北海道と本土の相違を生んでいくのである。釧路の人びととの個性ともなっていく。その象徴が幣舞橋である。

事件解決後、伶子は、釧路川を眺めながら、「見下ろす街には視界を横切るように河がある。行くことと戻ることを繰り返す旧河川の哀しみが漂っていた」と感じる。

海へ向かって、「行くことと戻ることを繰り返す」釧路川のように、人間存在は自己の哀しい性を繰り返しながら、いずれ大きな海に流れ着く。海とは死でもある。「行くことと戻ることを繰り返す」釧路川、行く道と帰る道の区別さえ分からない果てしなく真っ直ぐな一本道への感覚は、人生の反復性とデジャブ感であり、桜木紫乃文学の根源的な無常観であり、釧路の人びとに広く見られる根源的な虚無感でもある。それを象徴するかのように、伶子の自宅の踊り場には、精神的な支柱である勇作が描いた『釧路川』の絵が掛けられている。[6]

(2) 移動と通路――「海に帰る」

橋は出会いと別れの場所である。それは幣舞橋に限ることではないが、高地と平地を結ぶ釧路の都市空間を考えると、幣舞橋の象徴性は高い。その象徴的な関係性は北海道と本土を結ぶ青函トンネルと連絡船にも投影されていることはすでに述べたとおりである。

桜木紫乃文学では幣舞橋が釧路と外部世界との通路にもなる。橋によって移動の本能が促される。言うまでもなく橋は河の上に架かり、幣舞橋の下には釧路川が流れている。その流れが移動の象徴にもなる。移動とは変化のことである。あるいは幣舞橋を渡って新たな住民が移動してくることでもある。

桜木紫乃の最初の作品集である『氷平線』には「海に帰る」が収録されている。デビュー初期の作品である。寺町圭介が親方の「シマノ理容室」から譲り受けたばかりの「理容テラマチ」に、ほぼ最初の客としてキャバレー勤めの絹子が訪ねてくる。春の雪の日である。絹子は春の吹雪の中を「河を見ながら橋を渡るのも悪くない」と言いながら、釧路駅近くの「理容テラマチ」を訪ねてくる。絹子の住まいは幣舞橋の向こう側（南地区）のようである。

女が住んでいるのは歩いて十分ほどのところにある、橋向こうのマンションのようだ。河口に架かる橋は、街の観光名所のひとつだった。毎年霧が濃い春から夏は、気候の違う街に情緒を求め内地からおおぜいの観光客がやって来る。街を舞台にした小説が映画化されたことも観光の助けになっていた。海霧は、霧というには粒が大きく、雨というには小さすぎた。夏の街には、常に中途はんぱな水滴で覆われている。橋に取り付けられたガス灯の下を通って河を渡ってくるイメージは、いかにも女に相応《ふさわ》しい気がした。

絹子の正体はよく分からないが、二十五歳の寺町圭介より七歳上で、十六の歳に小さな港町を飛び出したきり一度も帰郷していない。孤独な一人暮らしである。じつは主人公の寺町圭介も独り暮らしの孤児である。両親を失って十五歳で「シマノ理容室」に住み込み、十年の修行を経てようやく一人前になって親方の理容院を譲り受けている。親方も寡黙で孤独な人間である。引用の橋は幣舞橋で、街を舞台にして映画化された小説とは原田康子『挽歌』のことであろう。

ここで桜木紫乃文学の重要な特徴の一つとして指摘しておきたいのは、孤児性である。孤独な独り暮らしの登場人物がほとんどである。家族がいたとしてもその関係性はきわめて希薄である。両親が死んで孤児であったり、家を出たり、離縁したり、放浪と漂泊を重ねる人間たちが多いのである。そうでない場合でも家族関係が崩壊して独り暮らしを余儀なくされたり、あるいはみずからそれを求めたりする人たちが多く登場する。家族の不在性である。男も女も一人の個人として自己を生きる。血縁的な絆など皆無であろう。なぜこれほど個人的で、孤独で、共同体から外れ、独り暮らしをする人間が多いのだろうか。これは総じていえば、植民として成り立った北海道の歴史性の反映とも思われるが、その極端な個人性と孤独性は桜木文学の重要な特徴とも言える。

ここで「海に帰る」の筋を簡単に紹介する。

両親の顔も知らない寺町圭介は叔父に引き取られ、十五歳で「シマノ理容室」に住み込みで働く。親方の島野勇作は昔風の職人気質の人で、寺町圭介が二十五歳の時に店を弟子の寺町に譲り、引退する。寺町は「理容テラマチ」に看板を替えて営業を続けるが、その最初の客としてキャバレー嬢の絹子が訪ねてくる。絹子は釧路近隣の港町の出身で寺町より七つ上というが、その素性はよく分からない。絹子の活発な行動に惹かれるように、寺町は絹子と性的な関係を重ねていく。絹子の肩甲骨は「羽根の残像」のように綺麗で、肌は海水を含んだ「霧の匂い」がする。寺町は絹子が「背中の羽を広げて」自分から去っていくのではないかと恐れながら、「海底へと引きずり込」まれるかのように、耽溺していく。それを目撃した親方は寺町を厳しく注意する。ちょうど夜、寺町は絹子から人工中絶をしたという告白をされ、金銭的な援助を要求される。寺町は当日の売り上げの全額を渡したが、絹子はその半分を持って寺町の部屋から出ていく。絹子との別れで寺町の日常は急変し、絹子の残像で寺町は呆然とする。

概要からも類推されるように、「海に帰る」には作品全体に河と霧と水滴と海底のイメージが繰り返されている。寺町の乾いた生活を水浸しにし、海底へと引きずり込んでいくイメージである。となると、絹子は水や海の化身ということになるのだろうか。あるいは絹子は霧という水滴に包まれた釧路そのものなのかもしれない。

もう一つ、「海に帰る」においての大きなイメージは羽のことである。絹子の肩は羽の残像のようで、寺町は絹子が「背中の羽を広げてしまうのではないか」と恐れ、「背に羽がないかどうかを確かめる」ようにもなる。つまり、絹子は霧や水滴の象徴であると同時に、羽を持つ鳥の象徴性を強く持っているのである。寺町は絹子の飛翔を恐れる。またそれによって寺町自身の飛翔が無意識に揺さぶられているのかもしれない。飛翔とは街を離れることで放浪の別の謂いでもある。寺町は絹子のような流れ者ではない。寺町は、釧路に生まれ、孤児として美容院に住み込み、二十五でようやく独立し、一生を釧路で暮らしていかなければならない。寺町は閉塞した環境で生きることを余儀なくされた者である。絹子はこの平凡極まりない、釧路でうだつの上がらない寺町の内面と価値観を大きく揺さぶって去っていくのである。寺町はまた独りで釧路に取り残される。

もう一つ、寺町圭介の日常を大きく揺さぶる絹子が幣舞橋を渡って「理容テラマチ」を訪ねて来ていることである。地元で「彼岸荒れ」と呼ぶ春の雪のなか、幣舞橋を渡ってくる。絹子の存在は、そして寺町の存在さえ、幣舞橋とは切り離すことはできない。作品は最後には幣舞橋に関するやや不要とも思われる情報に加え、絹子が寺町に残した記憶の傷痕がじつに見事に描かれている。寺町の傷痕は大きい。絹子への記憶は澱のように沈殿し、記憶の海底に深く沈み、しばしば泡となって浮上する。また過去記憶は霧となって現在を取り囲んで濡らしていく。傑作である。

霧に閉ざされた短い夏が終わろうとしていた。

絹子の香りが部屋から消えた頃、街では橋の架け替え工事が始まった。圭介の胸に、いくら研いでも刃のつかない剃刀が一丁残された。夜ごと取り出しては、何かを断ち切るために刃を立てるのだが、その剃刀は研げば研ぐほどに切れ味が悪くなった。

作品の冒頭は「昭和四十九年、三月」と物語の時期が明示され、作品の結末には橋の架け替え工事の開始時期がわざわざ示されている。このことから、幣舞橋の架け替えと「海に帰る」は緊密な関連性を持っているようにも思われる。古い幣舞橋の消滅とともに絹子の姿は消えていたのである。となると、絹子は四代目の旧幣舞橋の化身だったのだろうか。

五代目の幣舞橋の建設が始まるのは昭和五十年七月で、翌年の昭和五十一年十一月に竣工し、翌昭和五十二年五月には橋脚に「道東四季の像」が建てられる。「道東四季の像」は、もう一つの傑作、「海へ」にも登場する。

（3）起点と終点――「海へ」「フィナーレ」「絹日和」

現在の幣舞橋は五代目である。橋脚には「道東四季の像」のブロンズが高く聳えている。それぞれの季節を象徴する四体の女性ブロンズ像は、一つの世界の始まりと終焉とその循環を表している。幣舞橋はたんなる橋ではなく、森羅万象を含む世界のシンボルなのである。釧路の人々の小宇宙でもある。起点であり終点である。

「海へ」には五代目幣舞橋のブロンズ像と釧路川の川辺の風景が対照的に事細かに描かれている。桜木紫乃文学における釧路川は基本的に人生の象徴である。干満の差で、順流と逆流を繰り返しながら海へたどり着く釧路川は釧路の人間模様の象徴となる。そして川辺は底辺に住む人びとの哀歓が漂う場所でもある。

デリバリー嬢として体を売っている千鶴が営業を終えてホテルを出て眺める幣舞橋は以下のように描かれている。

千鶴は加藤の目を見ずに頭を下げ急いでホテルから出た。河口に架かる橋の向こう側に赤々と燃える空がある。九月の太陽が最後の輝きを放ちながら海へと落ちて行く。夕景の橋に、ブロンズ像とオオセグロカモメのシルエットが黒く浮かび上がった。

ホテルから十分ほど川上へ歩くと、橋のたもとに二階建ての店舗付住宅がある。現在の住み家だ。寂れた川縁《かわべり》の土地に建っている住宅はその一軒のみで、千鶴の記憶に間違いがなければ、建てられたときは小さな雑貨店だった。

釧路川沿いにある一軒家は、雑貨屋から始まり、リサイクルショップ、古着屋、不動産屋、仏具店、葬儀会社等々の変化を重ねている。それはあたかもデリバリー嬢になった千鶴や同居する柳瀬健次郎、契約愛人関係の加藤の人生歴程を示すかのようである。新しいブロンズ像とは対照的である。それでは「海へ」の概要を紹介する。

千鶴は柳瀬健次郎と釧路川沿いの狭い部屋で同居している。健次郎は元道東新聞社の社員であったが、プライドから現実を伴わない夢ばかりを追う人間で、二十七歳で馘首され、いまは千鶴の部屋に逃げ込んでヒモ暮らしをしている。千鶴は釧路の隣町の出身であるが、家族とは一切の連絡を取らず、落伍者の健次郎を養うこともあり、いまはデリバリー嬢として体を売っている。その千鶴の常連客が加藤である。加藤は五十代半ばの水産会社の社長であるが、性格は暗く、小心で、真面目ではあるが、うだつの上がらないタイプの人である。虚勢を張る健次郎とは対極の人物である。その加藤に千鶴は常連ではなく、専属契約をもちかける。ジャーナリストとして再出発するため、健次郎から二十万円の現金を要求されたからである。千鶴は加藤と専属契約を結んで現金を渡す。健次郎は取材を口実に釧路を離れる。専属契約を結んだ加藤とは偶然に大型スーパーでばったりと遭遇するが、加藤はスーパーの一角で一枚百円のさつま揚げを揚げていた。水産会社を経営しているとは名ばかりで、一枚百円のさつま揚げを売り、千鶴にお金をつぎ込んでいたのである。それに千鶴はやるせない気持ちになり、携帯電話の二人の履歴を消し、別れを決心する。

釧路川沿いに住んでいる取り残された孤独な人間群像が見事に描かれた作品である。釧路の人びとの原型のような登場人物たちが孤独のなかでお互いに交錯し、齟齬をきたして別れ、流されていくのである。

「海へ」にはこうした人間たちの原型として絶えず釧路川が登場する。幣舞橋がなにかの象徴のように登場する。登場人物たちはそれぞれの「欠損」を抱えている。「欠損」は抱えながら、あたかも釧路川のように停滞しながら、また流されていく。そして幣舞橋だけが中心の動かぬ方向標のように立っている。釧路の街に住む人間のさまざまな欠損が記憶として川底に堆積する。孤独な人間存在が幣舞橋とその下を流れる釧路川沿いから一層浮き彫りになる。


千鶴は自分の内側にあるはずの寂しさを探した。河口へ向かって広がる、深い川の底を浚《さら》うような時間になった。大きさも重さもわからない。見たことのないものを求め、ひたすら浚った。流れを止めた川の底には、汚れた砂ばかりが積もっていた。千鶴は自分の手からこぼれ落ちる泥や砂に埋もれながら、ひとかけらの寂しさを願った。

日々は川底の泥や砂のように沈殿して堆積していく。砂や泥を掬い出そうとするが、砂や泥は手からこぼれ落ちる。千鶴は砂粒を握りしめてなにかしらの形を作ろうとするが、空しくパラパラとこぼれ落ちる。いわゆる「砂感覚」である。砂感覚については後述するが、この無意味性は桜木紫乃文学の重要な思想性である。あるいは芸術観である。それは言い方を替えれば、小説とはこの小さな砂の粒を握りしめ、なにかの有形物を作る行為であるという認識である。

作品の最後で、千鶴は二人の男から別れることを決心する。ちょうど川辺の家を出なければならない羽目になる。釧路川を眺めながら千鶴は街から離れることを決心する。作品の最後はこう結ばれている。

出窓の向こうに、平たく凪《な》いだ川面《かわも》が見えた。明るいうちにでて行かねばまた同じ一日が始まってしまう。潮が満ちて、またここに押し戻されてしまう。

千鶴は深呼吸を一度して、携帯に残っていた健次郎と加藤の履歴を消した。

千鶴が釧路を離れることが予見される。「海へ」では千鶴と健次郎が釧路を離れ、加藤はおそらく居残ることになるであろう。

桜木紫乃の作品では多くの人が釧路を離れていく。また多くの人が釧路に流れ入ってくる。移動が激しいのである。場合によっては一度釧路を出た人がまた釧路に戻ることも多い。釧路を中心にさまざまな人間たちが漂流しているのである。その漂流の中心が釧路であり、幣舞橋ということになる。幣舞橋はその起終点のシンボル的な存在となっている。

ここで釧路が移動の終点になっている作品を二つほど紹介する。「フィナーレ」「絹日和」である。「海へ」の主人公は釧路を起点にして離れていくが、「フィナーレ」「絹日和」の主人公たちはさまざまな理由で釧路を離れるが、最終的に釧路に戻ってくる。

「フィナーレ」の志おりは札幌ススキノにある「ロマンス劇場」のストリップダンサーである。入れ替わりの激しい世界で五年も働き、実質的なフィナーレを務めている。志おりのダンスは客に媚びることがなく、完璧に近い踊りである。五年間一日も休まず、踊り続けたまさに天職の踊り子とも言われていた。その志おりが引退することになるが、そこへマスコミ関係の就職浪人である杉田潤一がタウン誌のアルバイトで取材に訪れ、次第に志おりの踊りに魅了されていく。杉田潤一は志おりの素性を聞くが、志おりは道南出身で、実家には母と姉が美容院を経営しており、引退後にはそこに戻ると言う。そして志おりは突然にストリッパーを辞めて札幌を離れる。それに傷心した杉田潤一はタウン誌編集長石山のアドバイスで本格的な就活に励み、テレビ放送局の釧路支社に赴任する。そしてある日、リポートを終えて喫茶店に入るが、そこで偶然志おりに出会う。志おりは函館ではなく、釧路出身だったのである。五年の間札幌でストリップダンサーをしていた生活を清算し、釧路でコーヒーを淹れる日々を獲得していた。望みを手に入れ、しっかり新しい暮らしを始めていたのである。釧路でなにがあったのか、なぜ札幌の「ロマンス劇場」

で働くことになったのかはなに一つ説明されていない。題目の「フィナーレ」とは、志おりのストリップショーの順番であり、引退のセレモニーであり、旅の終焉を示すものであろう。そうしたすべての終焉の地が釧路であったということにもなる。

もう一つ、釧路への帰郷を描いたのが「絹日和」である。概要を紹介する。

札幌在住五年の奈々子はかつて釧路で着付師をやっていた。道東随一の和服着付師として広く知られている嵯峨珠希の助手で、その後継者として目されていた。しかし太平洋炭鉱の閉山で夫の安藤孝弘が職を失い、挫折した夫について札幌に移住し、美容院でアルバイトをしながらほそぼそ暮らしていた。しかし夫の生活は荒れるばかりである。そこへ師匠であった嵯峨珠希が息子の結婚式の着付けを頼んでくる。五年以上仕事から離れていた奈々子は息子嵯峨信樹と若い妻紅美のために猛練習をする。以前の感覚を取り戻そうとする。じつは嵯峨信樹は釧路の高校時代に付き合った最初の相手であった。不意に嵯峨信樹の子を妊娠したので黙って子をおろし、信樹から離れたのである。奈々子は過去の古傷をのみ込みながら着付けの練習に集中する。ひたすら過去の記憶に蓋をする。ようやく結婚式が終わった時、嵯峨珠希は奈々子の着付けの腕前を褒めながら、三十万円を渡し、釧路へ帰ってくることを勧める。奈々子の内側から抑えていた感情と「さよなら」の言葉が泡のように湧いてくる。札幌を離れ、すれ違う夫とも別れ、釧路へ向かう感情が泡となって湧いてくる。

「絹日和」の奈々子は、「フィナーレ」の志おり同様、手に職を持ち、自立した一人で生きる強い釧路の女の造型である。桜木紫乃文学には手に職を持っている人間が多く登場するが、ふわふわして脆い男に比べ、女性はいずれも一人で強靭に生きている。自立心と帰郷本能が女性たちに強く見られる。「絹日和」の嵯峨珠希や奈々子はそうした釧路の女の典型的な特徴でもある。和歌の世界に生きる「風の女」の沢木洋子と沢木美津江姉妹もそうした部類の女性たちであろう。いずれ道に生きる「たたかいにやぶれて咲けよ」の中田ミツがそうである。留萌生まれだが、書も強い帰郷本能を持ち、手に職を持ち、自立して一人で暮らす強靭な女性たちである。

さて、「絹日和」において注目しておきたいのは、頻出する「蓋感覚」と「泡感覚」である。泡と蓋は対をなす。過去記憶が泡となり現在に漏れ出すことに、必死で蓋をする。蓋とは抑制、自制、抑圧のことであろう。しかし抑えきれない感情が泡となって噴出する。「絹日和」ではその泡が釧路への帰郷である。釧路に戻り、着付師として自己の再生を図る気持ちが泡となって最終的には噴出するのである。夫との崩壊した結婚生活と閉塞した札幌の暮らしに、あるいは古傷の過去に「さよなら」の泡がはじける。その再生の終着地がまた釧路である。釧路は起点であり、終点でもある。

（4）死と再生――「根無草」『緋の河』『胡蝶の城』

桜木紫乃は習作期に多くの作品を書いたが、そのほとんどはデビュー以後の桜木紫乃文学と比べればきわめて低いレベルの駄作である。そのうち、「明日への手紙」と「雷鳴」には桜木文学の根幹をなす主要感覚が見られ、とくに「雷鳴」は秀作であると指摘した。この「雷鳴」にやや手を加えたのが「根無草」である。これは桜木紫乃文学においては珍しい現象である。習作期の作品がほぼそのままの形で再発表されることはこれが唯一なのかもしれない。

多くの作家は習作期の作品をしばしば再利用する。しかし、桜木紫乃文学にはこの傾向が非常に弱い。大きな変身があったからである。習作期の作品がその原型をとどめないほど解体され、砂粒となり、再利用されているからである。それを考えると「雷鳴」は特異な作品で、桜木紫乃文学の奥底に横たわっている生々しい原風景の核のようなものとも思われる。桜木紫乃のすべての感覚が揃っている。

「根無草」はこうした過去の原風景を小説風にフィクション化したものである。小説的なフィクションの飾りをつけ、その核心部分をぼかし、奥底の記憶をいわゆる物語になるように工夫したものであろう。「根無草」の過去記憶が本体であり、それ以外のものは額縁のような飾り物になる。そして「根無草」の本体は、『釧路春秋』（第四八号）掲載の「雷鳴」とほぼ一致している。

ここで「根無草」の概要を紹介するが、ひとまず「雷鳴」に該当する過去記憶の本体を紹介する。そのあと、その外枠とフィクション性の高い「根無草」の飾りつけ部分を紹介する。したがって、次の概要は作品の時間的な進行とはやや違う。

道東新聞の記者で地方新聞にコラムを書いている叶田六花のところに古賀という男から電話がかかってくる。ちょうど六花は離婚した元夫との間で子どもができ、出産を悩んでいた。古賀という名前に、叶田六花は昔、釧路川上流のT町で二年間住んでいた記憶を思い出す。借金で旭川を逃げ出した父と母は、古賀の世話で美容院を経営していたが、田舎町に一家はうまく溶け込めない。ギャンブルと賭けごとが大好きな父は一攫千金を狙い、個人ブローカーである古賀と談合し、温泉旅館の買収を図る。しかし目先の欲に目が眩んだ父は古賀を裏切り、古賀に莫大な損失を与え、計画は頓挫する。激怒した古賀が美容院に乗り込んでくる。以前の古賀はたいへん優しい男で、六花のことをいつも気遣い、ゲームボーイやミカンなどのプレゼントを欠かさなかった。

しかし、その日の古賀はすごい剣幕で父を責め立て、卑屈な父は土下座をして謝る。母にも土下座をしてなにかを頼む。しばらく経ってから、六花は母の言いつけで一時間ほどかかる酒店にウィスキーを買いに行かせられる。恐怖で近くの酒店でウィスキーを購入して家の二階に戻ると、父は一階で寝ており、二階では母が古賀に組みしかれていた。父が古賀との約束を守るために母を古賀に差し出したのである。その光景に私は胸の奥でなにかが弾ける感覚を覚える。初潮を迎えたのである。一家はこの事件をきっかけに釧路に戻り、古賀との連絡も途絶える。私は短大を卒業して新聞記者となる。父の山師としての習性はようやく収まり、両親はなんとか関係を維持している。

両親の健在を尋ねる古賀に六花は二人とも死んだと嘘をつく。一家の傷痕の記憶に結びついている古賀を両親に会わせなかったのである。古賀に会って六花は出産を決心する。翌年の夏、古賀が函館で死に、生命保険の受取人が六花の生まれる予定の子供になっている知らせが届く。古賀は私の妊娠に気づいていたのである。古賀の根無草のような一生に思いを募らせながら、六花は釧路橋の上で河口に広がる海原を眺めながら、生まれる予定の子供の父親を古賀にしようと決心する。

古賀の存在は六花の遠い記憶と強く結びついている。思い出の記憶にもなる一方、一家の恥部であり、大きな傷痕である。古賀は山師のような個人ブローカーで、旭川、札幌、函館、青森等々をぐるぐる放浪している。浮草のような漂泊の身である。昔は「外国」でも暮らしたと言い、蜜柑を林檎の皮のようにひと綴りで剝いてみせる。蜜柑の特殊な剝き方から古賀はもしかしたら在日朝鮮人かもしれない。韓国朝鮮でよく見られる剝き方だからである。

他方、六花一家も旭川、T町、釧路を移動する漂泊の暮らしである。父と古賀の特殊な関係性、漂泊する生活、病的なほどギャンブルや賭けごとが好きな性格、人生における投機性への嗜好から六花の父も同じ素性の人間なのかもしれない。内容の深部において李恢成「砧をうつ女」「人面の大岩」「またふたたびの道」でのような心の叫び声がみられる。下関から本州と北海道を経て樺太まで放浪することになった「砧をうつ女」の述伊は、夫に「流されないで――」という最後の遺言を残して死んでいく。「砧をうつ女」での母のこうした心情は、父の放浪性と投機性を防ぐため、夫の目の前で友人に体を許す母に共通するかもしれない。あるいは水の流れの音と羽の音に神経質に反応する六花の心情も漂泊と重なるところがあるかもしれない。本能的な漂泊性とそれへの強い抑制がせめぎ合っているのである。しかし男たちは浮草のように流され、留まることを知らない。女たちがそれを必死に止める。古賀自身、自己の人生を次のように呟く。

「根無草ですからね。いいときは長く居られるし、そうじゃないときはさっさと見切りをつけて次の仕事を探さなくちゃいけない。僕はこの年になってもやっぱり人に使われるのは性に合わないんだなぁ」

北海道の開拓史に重なるかのような漂泊性である。これは北海道の多くの人々の家族史に共通し、血液となって流れている本能に近いものかもしれない。男は流され、女は定着を試みる。放浪する父の浮薄性に母は体でそれを止めにかかり、六花は溜まっていく澱があふれないよう必死に「蓋」をする。あふれ出ようとするなにものかを押さえなければならない。内奥が外にあふれ出ないように、しかし気泡のように漏れ出すものにきつく蓋をし、泡を押さえつけなければならない。これを釧路に広げると、シェルタリング・スカイの裂け目を封印する行為になる。桜木紫乃の文学の核心の一つである「蓋感覚」である。それについては後述する。

ここで一つ指摘しておきたいのは、「根無草」と「雷鳴」には、「蝉の羽音」「夏虫の羽音」「蛾の鱗粉」「アゲハネチョウ」「初潮」のような羽感覚や飛翔感覚がみられることである。また「砂」「砂利」のような砂感覚、根無草、水、川、梅花藻のような旅感覚、記憶の壺、「澱」、「日溜まり」、「檻」のような蓋感覚が、「満天の星」からは泡感覚や星感覚が色濃く出ている。桜木文学に見られるすべての感覚が出揃っているのである。そのよい一例になる箇所を「雷鳴」から紹介する。

> 蝶を追って紛れ込んだ日だまりは、その場所に落ちてくる光だけで草花を育てていた。同じ年頃の誰もが学校へ行っている時間、私も小さな光で何か別の生き物になれるよう祈った。あの空間で私が出来ることは、祈ること以外には何もなかった。太陽が少しずつ日だまりを狭めて行く。光と陰のぎりぎりの場所で小さなスミレが首を傾げていた。▼[7]

じつに精緻で感覚的な文章である。飛翔と変身を夢見ながら、日だまりに囲まれた狭い自己世界に蓋をして籠もり、境界線のぎりぎりを生きる人物の姿が凝縮された文章で描かれている。桜木紫乃文学の典型のような描写と感覚である。

すでに述べたが、習作「雷鳴」に外枠をつけて膨らまし、フィクション的な背景を加えたのが「根無草」である。なぜそのような加工を行ったかはよく分からない。私小説的な要素の強い「雷鳴」や「明日への手紙」を意図的に忌避したのかもしれない。それを詮索するのは無用であるが、少なくとも習作「雷鳴」は改編作「根無草」を凌ぐ秀作である。短い分量でよく凝縮されている。習作期の作品のなかでは最高傑作であろう。

さて、「根無草」の外枠の結論であるが、古賀は函館で死に、生まれる予定の六花の子供を生命保険の受取人として指定したのはすでに述べたが、その知らせを受ける場所が幣舞橋の上である。そして河口に広がる海を眺めながら、六花は古賀を生まれる予定の子供の父親とすることを決心する。

歩きながら話しているうちに、いつの間にか河口に架かる橋の上まできていた。そろそろ臨月に入る腹はぐっと下がって重たいが、もう胸が苦しくなることもない。あとは赤ん坊が決めた日に彼女が決めたかたちで生まれてくるのを待つだけだった。どうやら女の子らしいと告げると、母はまた大粒の涙をこぼした。

携帯電話を耳にあてたまま、河口から広がる海原を見た。自分が一体どこに根付こうとしているのか考えてみる。不思議と古賀がもうこの世にいないことを悲しいとは感じなかった。ただ、六花より少し先に根付く先を見つけたのかもしれないと思うだけだ。

幣舞橋の上で古賀の死を知らされる。同時に子供の誕生が近づいていることを実感する。幣舞橋は死と再生をもたらす場となる。しかし、それはあくまでも一面的なのかもしれない。古賀が死んで「根付く先を見つけた」とは、死が最終的に「根付く」場所ということにもなる。桜木紫乃がたどり着いた精神性であろうか。河口は複雑な象徴性を帯びる。死は再生でもあり、再生は死でもある。人間は釧路川のように流れ、河口に到達し、死に消える。その境界線に幣舞橋が架かっている。となると、幣舞橋は生死をつなぐ入り口の場所でもある。釧路の人びとが、毛細血管のような湿原を流れ、分岐と合流を繰り返しながら、最終的にたどり着く場所が幣舞橋である。釧路の人びとの生と終焉の聖なる場所が幣舞橋である。またそれは普遍的な人間の問題でもある。

死と再生の問題を本格的に扱った作品として『ワン・モア』がある。内科医滝澤鈴音に関わる人物たちの死と再生を描いた作品であるが、第四話「ラッキーカラー」は再会場所として幣舞橋の美しい夜景が使われている。

フィッシャーマンズワーフの明かりを背にして川面《かわも》を見た。橋や街灯から落ちる光が揺れている。先が見えないときは、無理に見ようとしないことだ。寿美子は赤沢を真似て、岸壁の柵《さく》に両肘《ひじ》をあずけた。右肩にかけた赤いバッグを挟んだすぐ隣に、彼がいる。

四十九歳の看護師浦田寿美子に、四十四歳の帯広在住の消防士赤沢邦夫がプロポーズのために釧路を訪れ、二人で幣舞橋の夜景を眺める場面である。ラッキーカラーの赤いバッグを挟みながら、二人は両肘を岸壁にあずけて同じ方向の景色を眺める。ここから二人の再生が始まると言ってよい。

こうした生と死の起点と終点としての幣舞橋、橋から眺める釧路川の河口の象徴性はカルーセル麻紀がモデルになった『緋の河』にも強く見られる。『緋の河』はカルーセル麻紀がモデルである秀男が、昭和二十四年の除夜に厳島神社に参拝するために幣舞橋を渡る場面から始まり、女性として生きることを決心してお盆に帰省し、性転換手術を覚悟して思い浮かべる釧路川の緋の色の情景で終わる。その後の性転換手術の過酷さ、転換後の生き方を書いたのが『胡蝶の城』である。蝶のように変身し、飛翔を遂げるという筋である。そうした決心と飛翔を支えているのが幣舞橋であり、釧路川である。幣舞橋と河口はカルーセル麻紀の原点と転換と挫折と飛翔を見守っていたのである。『緋の河』には幣舞橋が随所に描かれているが、印象的な場面は一家六人が除夜の幣舞橋を渡る光景であろう。吹雪で遅れがちな秀男と姉章子を両親と兄は幣舞橋の欄干で待っている。橋の上は雪がひどく吹雪いている。

橋の上を歩くと、河口を上がる海風が雪の粒をいっそう細かく割ってゆくのがわかる。手を繋いでいる章子が、「雪、雪」とつぶやく秀男の腕をときどき大きく揺らして注意を引いた。

「ヒデ坊、雪より足の先をちゃんと見ないと。転んじゃうよ」

釧路駅前から続く北大通りを南に進み、幣舞橋《ぬさまいばし》を抜けて南大通りへ。行き先の厳島神社までいったいどのくらいあるのか、覚えていなかった。

『緋の河』は厳島神社に参拝に向かう幣舞橋の吹雪の情景から始まり、厳島神社の盆踊りの前夜に帰郷し、釧路川の河口を緋の色で染める夕日を思い浮かべる場面で終わる。釧路川の緋の色が性転換手術を後押ししている。釧路川の夕日に勇気づけられるようなかたちで、秀雄は性転換手術を決心する。「もう少しうまく流れて生《ママ》ける」という発想で「体の中心」をなす「根っこ」を抜くという結論に到達する。「根っこ」とは大和文化や日本の文化伝統を示すものであろう。その象徴としての性転換である。

瞑った瞼が夕日に染まる。緋色の河が海に向かって流れてゆくのが見える。
河口から向こう、水平線には血の色に染まった太陽が沈もうとしていた。
赤く、朱く、紅く、より緋《あか》く――
ああ、なんてきれいなんだろう。
秀男の瞼に、この世にない色が満ちた。
この河を沖に向かい泳いでゆくのだ。
呼吸を止めてでも泳ぎきってやる。
怖がることはない。緋に染まる、空と海の境目だ。
緋色に輝く水平線だ――

性転換手術は日本で誰も試みたことのない新たな飛翔への挑戦でもある。その行為と決心はダイダロスとイカロスが人工の羽を着け、絶壁を飛び立つ瞬間にも喩えられている。その重要な決断の場所が幣舞橋でもある。

注

▼1　幣舞橋に関する内容は、『新釧路市史』（全四巻、釧路市、一九七四年）、『遠い日の釧路』（釧路市地域資料室編、釧路叢書第三五巻、釧路市、二〇〇三年）、永田秀郎『釧路街並み今・昔』（北海道新聞社、二〇〇五年）、『さよなら幣舞橋』（釧路市小中学生作品集、一九七六年）、『幣舞橋と「道東の四季」』（釧路幣舞橋彫像設置市民の会記録刊行委員会、一九七八年）、木村浩章ほか編『くしろ写真帳』（北海道新聞社、二〇二〇年）、『街角の百年——北大通・幣舞橋』（釧路市地域史料室編釧路新書第二五巻、二〇〇一年）等を参照した。

▼2　桜木紫乃「明日への手紙」（『北海文学』第九二号、二〇〇二年）。

▼3　桜木紫乃「ジントニック」（『釧路春秋』第四〇号、一九九八年）。

▼4　同人誌『北海文学』の収録一覧は「企画展『鳥居省三と北海文学』北海文学掲載リスト」（釧路文学館、二〇二二年）のパンフレット資料によく整理されている。本書の資料編にも『釧路春秋』と併せて紹介しておく。

▼5　桜木紫乃「別れ屋伶子番外編」（『釧路春秋』第四二号、一九九九年）。

▼6　桜木紫乃『別れ屋伶子』（連載第一回、『北海文学』第八五号、一九九九年）を参照。

▼7　桜木紫乃「雷鳴」（『釧路春秋』第四八号、二〇〇二年）。

第二節　霧（夏）

釧路は霧の街と呼ばれる。とくに春先から夏にかけて釧路市街地はよく霧に覆われ、日照時間は日本の中でも極端に短い。夏季というものがごく短く、ほぼ毎日海霧に覆われ、空はつねにどんよりと暗いまま、湿気が充満する。あたかも水中にいるような状態である。霧が街全体をあたかもシェルタリング・スカイのように、あるいは繭のように、あるいは街を蓋するかのように、覆いかぶさったような印象である。

ケッペンの気候区分では亜寒帯湿潤気候（湿潤大陸性気候）、日本の気候分類では太平洋側気候の東部北海道型に属するが、道東の太平洋側ならではの特徴的な風土が釧路の気候を形作っている。寒流である親潮の影響を受け、四季を通して一般に冷涼である。とくに夏季は海霧に覆われる日が多く、冷涼で、稲作には不向きである。一方、秋、冬、春はとても乾燥した晴天が長く続き、

「釧路晴れ」と呼ばれている。陸部である阿寒地域や北海道の他の地域に比べると、冬の降雪量はきわめて少ない。要するに、釧路は日本の中でも、北海道の中でも、あるいは道東の中でも非常に特徴的な気候をもつ街なのである。年間平均気温が八度に満たない寒冷地であり、北海道の中では珍しいほど雪の少ない地域であり、夏のほとんどは海霧に覆われる。夏が不在とも言える。四季に富む日本の気候と風土を想定した場合、釧路は風土的な「欠陥」をもっているようにも思われる。欠陥とは「特殊性」の謂いである。それは本土に比べた北海道全体にも当てはまる。▼[1]

夏の不在と海霧によって閉ざされた釧路の気候や風土は、おのずと人びとの暮らしや性格にも影響するのかもしれない。生真面目ではあるが、憂鬱で、耐え忍ぶ陰鬱な印象がある。桜木紫乃の文学には頑なに自己世界へ閉じこもる内向的な人間たちが多く登場する。そのような人たちがあたかも影絵のように霧の中を出歩く。原田康子『挽歌』『海霧』においてもそうである。もちろん視点を広げればこれは釧路だけではなく、北海道全体にも当てはまるであろう。ちなみに、アイルランドのダブリンも霧の街である。ダブリンと釧路の地形の類似がもたらした現象である。

(1) 自我の小宇宙――「霧繭」

釧路の霧は釧路川の河口の海から発生する。海霧は海から釧路川を伝い、もう一つの霧の発生源である釧路湿原の霧と合流する。釧路川の両岸に広がる釧路市街地全体は海と川と湿原からなだれ込む霧に飲み込まれる。霧の中心に幣舞橋がある。太陽の光は消え、街は真夏でも水滴の中で暗く煙る。桜木紫乃文学はこうした釧路の海霧と切り離せないほど密接に結びついており、数多くの作品においてこの霧が背景となる。そもそも釧路と霧を切り離すこと自体難しいであろう。桜木紫乃文学は人間を描いているというより風土を先に描いているのである。それがおのずと風土に生きる人間の姿となる。そのなかでも、釧路と霧を象徴的に描いたのが「霧繭」であろう。その冒頭は以下のように始まる。

窓の外が乳白色に濁っている。島田真紀《しまだまき》は、毎年律儀にやって来る海霧を居間の窓から眺めた。六月に入ってから一週間経つが、まだ一度も太陽を拝んでいない。隣家の前の植え込みでは、背の低いチューリップが花を咲かせている。街全体が、海からゆっくりと吐き出された糸によって繭《まゆ》を作っている蚕《かいこ》のように思えてくる。ふと視線を上に向けると、隣の軒先から薄紫色の枝先がのぞいていた。ライラックの花だ。

霧に包まれた街はあたかも繭のような状態で、人びとは蚕のようにみずからの世界を内部に作り上げ、閉じこもるのである。登場人物の仕事がすでに時代遅れになった和裁師であったり、呉服屋であったりするのもこうした理由からであろう。繭を作る蚕のように和服作りに勤しむ登場人物たちはいかにも釧路の人びとに相応しいかもしれない。そして海霧に包まれる釧路は、釧路の人びとのシェルタリング・スカイ、繭、究極的には母胎の役割をしているようにも思われる。霧が半円のドーム状の蓋となり、街を外部から守っているのである。[2]「霧繭」の概要を紹介する。

島田真紀は釧路に住む三十八歳の和裁師である。師匠の森千代野のところで五年間住み込みの修行を終え、いまは亡き母の島田有紀が営んでいた島田和裁所を引き継いでいる。釧路きっての和裁師であった母有紀は、生前、有紀と同じく釧路きっての和裁師である森千代野に娘の修行を頼んだのである。我が子への教えを潔しとしなかったからである。真紀は独り立ちし、一度結婚したが離婚し、一人暮らしである。ある日、島田真紀は師匠から振袖の仕事を一日で仕上げるよう依頼される。一日で見事に仕上げ、それを依頼元の呉服屋かのこ屋に納入する。呉服屋かのこ屋は二代目女将であるひな子が切り盛りし、山本が番頭の役割をしていたが、その山本と真紀は男女の関係があり、山本も真紀を好いていた。しかしひな子も山本を好いていたので微妙な三角関係となる。

他方、師匠の森千代野のところではやよいという二十歳の見習いが住み込みで働いていたが、八十五歳の森千代野は愛弟子の島田真紀の技量を高く評価し、森千代野和裁研究所を閉鎖し、やよいの教育を真紀に頼む。真紀はやよいを厳しく教育するが、なかなか心を開こうとしない。自分の繭に閉じこもっていたのである。和裁の道を選んだ理由もなかなか言わない。秋の呉服祭の後、真紀と弟子のやよいに、かのこ屋の一同が集まった宴会が行われるが、その席で女将ひな子は真紀と山本の関係に嫉妬から嫌味を言う。師匠から依頼されて一日で仕上げた振袖が死者のためのものであることを聞かされる。こうした男女関係の煩わしさに真紀は山本への思いを捨て、ひな子に譲る。霧の去ったビルの間の星を見上げながら家に戻ると、やよいがはじめて和裁師の道を選んだ理由を吐露する。美容室で見習いをしていたが、ペアを組む男に乱暴されそうだったので、女性として針一本で生きていくために和裁師を目指したと告白する。ちょうどそのとき、道南の娘のところで隠居している師匠森千代野から真紀とやよいに着物二紋と裁ち板が贈られる。

概要の記述が長くなったが、細部になると筋はさらに複雑に展開している。本書では作品理解のために概要を多用しているが、概要のまとめはじつに困難な作業である。桜木紫乃の作品は一概に概要をまとめることが非常に難しいのである。筋は分岐し、お互いに関連し、絡み合い、凝縮された文章の一つひとつは比喩と暗喩を含み、次々に伏線となっていくからである。短編小説が長編小説のような複雑な構造をもち、個々のテーマは重い。概要の記述が難しい理由はここにある。短編一つひとつが小宇宙のように完成されているのである。まさに桜木紫乃のワールド、桜木紫乃のコスモロジーと表現するのが適しているかもしれない。作品世界が果てしなく伸びていく。膨らんでいく。たとえば次のような記述もそうである。

真紀は、グレーのニットスーツに着替え、肩までの髪を結わえていたゴムを外した。カチューシャで額に落ちてくる前髪を上げ、薄く口紅をひいて家を出る。釧路川沿いの歩道を歩いていると、川下からどんどん濃い霧が流れてくる。百メートル先の向こう岸は、霧に覆われてまったく見えなかった。十五分ほど歩き、「森千代野和裁研究所」という古びた看板の前で一度大きく深呼吸して、呼び鈴を押した。

師匠の森千代野に一夜で振袖を縫い上げるよう依頼され、徹夜で縫い上げ、師匠に振袖を届けに行く場面である。釧路川沿いの土手を歩いていくが、対岸は霧に包まれて見えない。師匠から特別に頼まれた仕事への漠然とした不安と霧の不透明性がよく真紀の心情とマッチしている。一方で、七月の厳島神社祭を市立総合病院十階から見下ろす師匠森千代野と愛弟子島田真紀の会話は意味深長でさえある。

病院の建物は、街の中でも特に霧が深いといわれる春採《はるとり》湖のそばにある。十階の窓から見下ろす景色は、何もかもが乳白色に煙っており、建物ごと雲の中を漂っていると錯覚しそうである。

「お祭りの山車《だし》がね、さっきこの下の道路を通って行ったのよ」

「びっくりさせないでください、先生」
「でも霧でなぁんにも見えないの。今年の厳島神社祭は音だけ。まるで雲の上にいるみたいよ」

推測だが、厳島神社の山車が春採湖のそばを通ることはないであろう。師匠の言葉に「びっくりさせないでください、先生」と真紀が否定したのはそうした理由からであろう。釧路の人びとでないとこうした距離感はよく分からないかもしれないが、師匠が聞いたという「なぁんにも見えない」霧に包まれた「雲の上」から聞こえる「厳島神社祭の音」とは、師匠の最期が近づいていることへの巧みな暗喩でもあろう。

さて、「霧繭」での街を包む海霧は夏から秋にかけて徐々に薄れていく。晴れる日が増えていく。それに連動するかたちで、「自ら吐き出した糸の繭に閉じこもって」いた若弟子のやよいも過去記憶と向き合うことになる。島田真紀も離婚の事実と自己の生き方を冷静に見つめていく。霧が濃くなるにしたがって過去記憶は薄れていき、霧が晴れるにしたがって過去記憶は鮮明になる。霧は記憶でもある。無意識の世界で霧が発生する。

桜木紫乃文学において、霧は自己内部の無意識の世界で、傷痕を隠し、自己の治癒をもたらす掛け替えのないものである。自我の最終的な壁が霧であり、霧によってヒーリングが行われる。

その象徴が霧繭であろう。それは同時に釧路という街についても言えるであろう。自我の小宇宙を作り出す核心的なものが霧である。

(2) 孤独と死滅、自我と自尊――「たたかいにやぶれて咲けよ」

桜木紫乃の主人公には手職や専門職を持って一人で暮らし、個を貫く人物が多い。その職はさまざまである。閉塞したなかで、自己世界に籠もる傾向があることは「霧繭」で述べたとおりである。そうした個を貫く人物をオムニバス形式で書いたのが『STORYBOX』で連載された「無縁」シリーズである。一切の地縁や血縁から離れて無縁を生きる北海道や釧路の人びとの人間群像が集められている。無縁と言えば、北海道そのものの本質でもあろう。北海道の人びとは基本的に、本土を追われ、家族や親族の共同体を捨て、縁故を持たない土地で暮らしている人びとである。漂泊と放浪の民とも言える。あるいはその子孫である。無縁、独り暮らし、個を生きるというような観念が個々において本能のように備わっている。無縁とは、桜木紫乃文学にみられる登場人物の共通の性質で、桜木紫乃文学の本質とも深く関わっている。そもそも人間は本来そのようなもので、それを釧路や北海道をとおして浮き彫りにしたのが桜木紫乃なのかもしれない。

「たたかいにやぶれて咲けよ」は「無縁」シリーズの第五話である。[3] 東道の短歌会を牽引し、年老いて一人で死んでいった中田ミツの晩年に焦点を当てた作品である。その冒頭は次のように始まる。

午後一時だというのに、街は夕暮れどきのような暗さだった。

六月になってもまだ、この街は肌寒い。橋から向こうに続いている一直線の駅前通りも、今日は半分が煙っている。小雨というには少し粒が細かく、海霧というには大きい。三度目の春を過ぎても、霧と小雨の境がいまひとつはっきりしない。

山岸里和《やまぎしさとわ》は生涯学習センターのカフェに腰をおろし、水滴に濡《ぬ》れる窓を見ていた。薄手のフリースを着ていても、窓辺にいると少し冷える。クールビズなどどこの国の話だ、と笑ってしまうくらいの寒さだ。

中田《なかた》ミツの訃報を受け取ったのは、記事をまとめるつもりでパソコンを取り出した直後だった。

女主人公の山岸里和は「無縁」の第一話「海鳥の行方」にも登場する道報新聞の記者である。札幌の郊外で生まれ育ち、北海道大学時代からマスコミ関係の就職を目指し、願い叶って道報新聞釧路支社で記者として勤めている。「海鳥の彼方」では、釧路西港の防波堤で転落死した石崎（本名は和田博嗣）と交友を持ち、石崎の遺骨を紫雲台墓地の無縁仏に納める役割をする。ここで

「海鳥の行方」の概要を紹介しておく。

石崎こと和田博嗣は室蘭の漁師の家で生まれ、札幌で床屋の修行をし、十勝郡の美容院に婿入りしていた。しかし賭けごとが好きで離縁される。石崎は妻との復縁を目指して再起を図るが、妻が新たに恋人を作ったことに激怒し、愛人を刺し殺す。石崎は刑務所を出てから釧路の炭鉱に勤め、浪花町で暮らしていた。山岸里和は、石崎こと和田博嗣への同情と新聞記者の取材本能で、元妻が美容院を経営する実家の十勝郡を訪ねるが、過去の風化を願う元妻に遠慮し、元夫石崎の死を伝えられずに釧路に戻ってくる。他方、山岸里和の大学同期生の恋人が木戸圭吾である。木戸は函館地方裁判所の事務官になるが、職場に適応できず、うつ病で仕事を休んでいる。このような設定のうえで「たたかいにやぶれて咲けよ」の中田ミツの話が始まる。概要を紹介する。

道東の短歌会を牽引してきた八十二歳の中田ミツが釧路湿原を見下ろす養護老人ホームでひっそり死んでいった。中田ミツは「恋多き歌人」であった。四十代で発表した『ひまわり』が代表作で、「たたかいにやぶれて咲けよひまわりの種をやどしてをんなを歩く」という句が有名である。中田ミツは一人暮らしで、長い間、喫茶店「KAJIN」を経営してきたが、それを姪の斎藤昌子に譲って隠棲生活に入っていた。山岸里和は姪の斎藤昌子への取材から中田ミツが恋多き歌人と呼ばれる一端とその強靭な生き方を知ることになる。

中田ミツは若い時、姉の夫である斎藤昌子の父と長い間交際をしていた。さらに晩年には孫の年に近い三十五歳の近藤悟とも海が見える米町の実家で同棲する。この同棲が醜聞として広がり、道東短歌会において誹謗中傷の的となるが、中田ミツは一切の弁解を行わず、地元短歌会や中央歌壇とも縁を切る。築き上げた名声を惜しむことなく捨てたのである。他方、近藤悟は道報新聞文学賞を受賞したことで自信を強め、小説家として生きていくために花屋を辞めるが、原稿の依頼は殆どなく、生活は日に日に困窮し、自堕落な生活を重ねたすえ、喫茶店「KAJIN」の中田ミツのところに転がり込んだのである。

近藤悟との五年に近い同棲生活を送った中田ミツは自身の死を覚悟し、米町の実家を近藤に譲り、喫茶店「KAJIN」を姪の斎藤昌子に譲り終えたあと、釧路湿原が見下ろせる養護老人ホームに入居して死ぬ。中田ミツの死後、近藤悟は中田ミツとの愛情生活を赤裸々に綴った回顧風手記『デュラスとの日々』をもって、デビューから九年目でようやく文壇の注目を受けることになる。近藤悟と中田ミツの愛情生活が『デュラスとの日々』で描かれたような濃密なものであったかどうか、山岸里和はいささか疑いを持っている。近藤悟は中田ミツの姪斎藤昌子と深い関係にあったことが分かったからである。おそらく老女の中田ミツも気づいたであろうと推測する。中田ミツと近藤悟の関係は濃密な愛欲関係ではなく、淡白な共同生活に過ぎず、中田ミツが若い近藤悟を最後まで支えたのではないかと推測する。醜聞と汚名と誹謗中傷に甘んじ、一言も弁解せず、自己の生を全うして死んでいった中田ミツに、山岸里和は鬱病の恋人との別れを考える自己の弱さを照らし合わせ、いたく感動する。

短く要約したつもりだが、作品はさらに多岐に渡っている。いくつかを補っておく。まず近藤悟の出世作『デュラスとの日々』であるが、デュラスとは『ラマン』の作者で、若い時に小説家を目指した中田ミツがもっとも好きな作品がデュラスの『ラマン』だったのである。若いフランス人少女が周囲の偏見と差別のなか、国籍も人種も年齢も違うベトナム人との恋愛に身を投じていく話である。回顧の手記風に書かれたもので、近藤悟の出世作『デュラスとの日々』も同様の手法で描かれたものと推定できる。もう一つ、中田ミツが好きだったのが『ひまわり』であったことである。いずれも映画化されている作品である。『ラマン』はサイゴンを流れる熱帯の泥の川を、『ひまわり』は果てしなく広がるひまわり畑を映した作品で、二つの映画はそれぞれ中田ミツの代表作『ひまわり』と、近藤悟の出世作『デュラスとの日々』の表紙を飾る青空と一面のひまわり畑と複雑に対応している。

桜木紫乃の作品には、映画からヒントを得たと思われる作品がいくつかある。この『ラマン』『ひまわり』がそうで、もう一つが『シェルタリング・スカイ』である。また『ボラーレ』（『裸の華』）を挙げてもよい。『ラマン』におけるメコン川の風景は釧路川に重ねられ、自由奔放で個人を生きる情熱は、桜木紫乃文学に登場する多くの女性に共通する資質である。また『ラマン』における熱帯的な情熱、『ひまわり』における太陽への貪欲な志向は釧路の欠損部分の補償行為でもあろう。夏の日照時間が極端に短く、海霧に覆われた冷涼な釧路の夏の欠損に対する反射的な心理が熱帯と南国へ向かわせる。『シェルタリング・スカイ』（『無垢の領域』）におけるサハラ砂漠の乾燥と高温への希求は釧路の反射心理の表出であろう。

同じ例は、桜木紫乃『光まで5分』でもよく確認できる。主人公たちは沖縄の海を定期的に訪ねたり、沖縄への移住を決心したりする。これも欠損への希求であろう。ちなみに、釧路の作家である原田康子はスペインのアンダルシア地方を舞台にする大作『聖母の鏡』を書いている。『聖母の鏡』では、釧路で挫折した聖子が死を求めてスペインに赴き、たまたま出会ったアンダルシア地方の男と同棲する。しかし、オリーブ畑が広がる南国の風景に釧路への思いを一層募らせている。そうした釧路への思いは国家さえ否定するまでになる。

顕子は、アンダルシアの男だと言い切るアントニオとミゲルに羨望を感じた。顕子も、オリーブ畑越しにのぞむシエラネバダを好んでいたが、彼女はアンダルシアの女ではなかった。たまたま集落にとどまっている異邦人にすぎなかった。

このとき、目前の眺めとは対照的な風景が、顕子の目に浮かんだ。乳色の霧が這う広大な湿原である。

もしかすると、顕子は「あの国」の女ではないのかもしれない。北海道という植民地にひとしい土地のはずれが顕子の故郷だった。本州のひとびとから見れば、釧路地方は異郷そのものであろう。故郷はあっても、故国はない……。故郷は、ちょうど海霧のシーズンである。顕子は、ひさしぶりに海沿いの丘陵上にある本吉家の墓所を思い出した。[4]

日本の女ではなく、釧路の女への拘泥である。釧路とは対極の異国の風土から釧路の風土を対照的に見つめ直す。温暖な気候の異国で一段と釧路への思いを募らせるのである。欠損を否定しながら、またその欠損に郷愁を感じて釧路に戻ろうとする。相反する心理である。こうした南国への憧憬と釧路への回帰は、桜木紫乃文学にも強くみられ、とくに映画作品からのイメージが有効に使われている。また桜木紫乃と原田康子における大きな思想的共通点でもある。

もう一つ指摘しておきたいのは、作家を目指す近藤悟の境遇が桜木紫乃自身の境遇と重なることである。デビューしてほぼ十年もの間、桜木紫乃は作中の近藤悟のように完全に無視されるという、長く恵まれない下積みの生活を余儀なくされたのである。極端なほどの不遇である。そうした自己の思いと境遇を近藤悟に込めたのであろう。この経験はのちに『砂上』においてさらに詳細に述べられる。手にこぼれる砂を握りしめて形を作ろうとする女主人公の痛切な思いや血の滲む努力を描いたのが『砂上』である。著者はこうした極端な不遇が桜木紫乃文学を誕生させたと思っている。砂を握りしめて形を作ろうとする。それは砂を握りしめていきなり花を作り出してみせる行為に近いかもしれない。世阿弥の『風姿花伝』の世界を彷彿させる。そして桜木紫乃は空の手から花を実際に作り出してみせた、と著者は思っている。それを「たたかいにやぶれて咲けよ」の中田ミツに当てはめれば、「たたかいにやぶれて咲けよひまわりの種をやどしてをんなを歩く」の一句を最後まで生き抜いたことであろう。

（3）北の深い霧、霧と記憶――『霧ウラル』『風葬』

桜木紫乃が描く釧路の街は頻繁に霧に包まれているが、その霧は釧路だけではなく、同じく道北である根室の街にも及ぶ。『霧ウラル』がそれである。風土的にも気候的にも根室は釧路に近く、二つの街は距離こそ離れているが、一緒に語られることが多い。同じ生活圏と言ってよいだろう。当然のように、根室もよく霧が発生する。『霧ウラル』の冒頭も根室の霧から始まる。

川之辺《かわのべ》珠生《たまき》は呼吸を整え、雪の間の前に膝をついた。

料亭「喜楽楼《きらくろう》」の二階廊下には今夜も、三味線や男女の笑い声が響く。

昭和三十五年三月、根室半島の花街に夜霧が漂い始めた。海峡にひしめいていた氷もゆるみ、長い春が始まろうとしている。歓楽街の賑《にぎ》わいは戦後十五年を経た今も、国境海域を戦の場として生きる海の男たちに支えられている。

女主人公である二十歳の川之辺珠生は根室で勢力を誇る川之辺水産の次女で、父に反抗して十五歳で家出をし、いまようやく一人前になっていた。料亭喜楽楼は珠生と同じ理由で川之辺家を逃げ出した叔母龍子が経営するもので、そこで三浦水産で働く相羽重之に初めて出会う。故郷を訊ねる珠生に相羽は「国後」と答える。終戦時、ソ連兵に追われて一家は夜陰に紛れて根室を目指したが、小舟が転覆し、相羽一人が野付半島の海岸に打ち上げられたという。それを救い出して介護したのが若い時の三浦であった。相羽の来歴と孤独に生きる姿勢に共感した珠生はさっそく相羽を誘い、漂着したという野付をめざす。相羽の原点となる打ち上げられた海岸を見てみたいと言い出したからである。それで二人は真夜中に車で野付をめざすことになるが、片道二時間と道は遠く、濃い霧が視界を遮る。霧をかき分けて前へ前へと進む。

市街地を抜けると、霧はいっそう濃くなった。すぐそばに海があることをしらせるのは、車中に流れ込んでくる潮の香りだけだ。行き先が野付半島であるとわかっていても、ふと瞬きをした瞬間に、別の場所になっているような気がしてくる。それでも霧をかき分け前へ進んでいることを、男の横にいれば不安に感ずることなく済んだ。

……［中略］……

濃くなったり薄くなったりを繰り返し漂っていた霧が潮目の変化なのか風向きなのか急に晴れ、視界が開けた。寒々とした夜の道が真っ直《まっす》ぐに続いている。この世に残っているのが自分たちふたりだけであるような錯覚のなか、珠生は再び男の横顔に目をやった。

冒頭での二人の野付海岸での霧体験は、『霧ウラル』の根幹をなす象徴的な場面である。二人はすぐに結婚し、相羽は土建業に偽装した相羽組を立ち上げ、二人三脚でさまざまな困難と危険を乗り越えていく。危険はつねに隣り合わせである。それを珠生は裏で支えていく。信用できる唯一のものは二人だけの世界である。単行本『霧ウラル』の表紙は氷山を思わせるような断崖絶壁の上に立つ男女二人の姿が描かれているが、まさにそのような状況であっただろう。一方で単行本表紙は、三姉妹のうち、真ん中の女性だけは正面を向き、左右の二人の女性は後ろ向きになっている。それぞれ作品の世界を表しているが、ここで概要を紹介する。

昭和三十五年、北海道根室を牛耳って一大権勢を振るう川之辺水産には三人の娘がいた。その次女が前述した珠生である。他方で、川之辺家の長女智鶴は政略結婚で大旗運輸の長男大旗善司と結婚する。大旗は根室での地盤を強固なものにするために国政選挙に打って出る。国政選挙は過熱し、不透明な状況であったが、相羽組の裏の活躍で辛勝する。一方で、三女の早苗は二人の姉たちの生き方に翻弄されながら、あるいは実家と姉たちの間で揺れ動きながら、戦後の新たな時代をバランスよく生きようとする。早苗は唯一戦後の生まれで、新しい時代の娘であった。それに比べ、次女の珠生は頑固で、行動的で、他方では義理人情に厚い性格の持ち主で、いわば極道の妻の化身とも言える。三姉妹はそれぞれの生き方をするが、物語の中心はあくまでも珠生で、彼女の活躍と夫への献身的な努力がおもに描かれている。

そして物語は国政選挙の翌日、相羽が相羽組に潜り込んでいる人物（今川か）に殺害されることで終わる。相羽が愛人宅を訪ねた隙に狙われたのである。相羽と愛人との間には赤ん坊が生まれており、珠生はその子どもの養育を引き受ける。そして最後に、相羽の火葬の骨を抱きながら「今日から、海峡の鬼になる」と決心する。

概要でも推測できるように、『霧ウラル』は三姉妹の人生を描いたものなのか、極道を生きる妻の強さと一徹さを描いたのかよく分からないところがある。どちらにも桜木紫乃の世界とはやや距離がある。わざわざ根室を背景にする意味や霧の強調も説明がつかないのである。相羽の土建会社が盛んに抗争事件を起こし、相羽自身はつねに命を狙われ、ついには謎の刺客によって殺害される理由も釈然としないのである。犯人が誰なのか、あるいは犯人と思われる今川の素性もよく分からない。こうしたさまざまな問題を含む作品であるが、少なくとも極道を描いた作品ではないと断言できる。

『霧ウラル』を理解するためには終戦時の引き揚げと根室を根拠にしたソ連との密貿易、密漁、ソ連による拿捕事件の頻発、日ソにまたがる二重スパイの暗躍等々の歴史的な知識が必要である。数々のミステリアスな事件が起こり、謎の犯罪があり、殺害事件が根室で実際に起こっていたのである。戦後日本におけるもっとも危険な地域が根室であり、一攫千金をめざす男たちが多く集まっていた場所でもある。根室が密貿易の前線基地であり、釧路はその兵站基地の役割をしていたと言える。そして北方領土を臨む根室海峡には多くの謎の事件が存在していた。その謎が霧ということになる。根室海峡に存在する霧は、日ソにおいて闇に葬られた事件の象徴であり、また実際の自然現象としての霧でもある。これが霧の正体である。北方領土問題の闇の部分であり、道東の闇の部分であり、しいては釧路の闇の部分でもある。それが霧として処理されているのである。

桜木紫乃文学に大きな影響を与えた作家を五人ほど挙げるとすれば、その一は釧路出身の原田康子である。[5]その二は松本清張である。その三は北原白秋である。その四を挙げるとすれば同じく北海道出身の渡辺淳一であり、その五が李恢成であろうか。ほかに宮本輝、浅田次郎の影響が部分的にみられる。

桜木紫乃は松本清張賞に応募して最終選考に残った経歴もある。[6]推理小説風の一連の作品、頻出する砂に関連する概念と感覚は松本清張に負うところが多い。人生の孤独とデジャブ感は北原白秋に負うところが多い。李恢成からの影響は短編小説における構成力と文体である。在日文学にみられる父の暴力性や自己投企、母の献身、そしてなによりもサハリンと札幌における一家の放浪体験である。そしてその四の渡辺淳一であるが、札幌出身の渡辺淳一は『阿寒に果つ』『くれなゐ』などの北海道を背景にした作品を多く残している。とくに札幌市の雪の風景描写には渡辺淳一の影響が随所にみられる。そして渡辺淳一は恋愛小説や医療小説だけでなく、北方領土を題材にした硬い社会小説も書いている。『北方領海』がそうである。根室の密輸、密漁、日ソの政治的駆け引きの裏にある闇を暴いた作品である。

渡辺淳一「危々怪々の北方領土」は丹念な取材によるノンフィクションである。[7]「危々怪々の北方領土」では日ソ間で当時起こった奇々怪々な事件の裏が詳細に暴かれている。ソ連側への賄賂による漁業の容認、示し合わせの拿捕、疑念隠しのために行われる形式的な抑留生活、裏切りとその裏切りに対するさらなる裏切りなど、それらのさまざまな闇の実態が明らかにされている。なかでも目を引くのは「レポ船」の存在である。ソ連側に日本の軍事秘密を含め、さまざまな情報（雑誌や新聞）を売り渡す船である。日本の公安はそれをまた二重スパイとして逆に利用する。渡辺の取材を紹介する。

どれがレポ船かということはこの海域に出漁している船員達のほとんどが知っている。なぜならソ連警備船にだ捕されてもそれだけはすぐ釈放されるからである。こうしてレポ船グループの一団ができ、その首領格は配下を船に乗せ、情報を渡しながらその見返りとして領海内の宝庫で漁をさせてもらうのである。そのことはかつて漁師でもなく、もちろん正式の漁業権もなかったものが、ロシヤ語を多少できるというだけで巧みにソ連国境警備隊と接触し、うまくレポ船として信用を得、その得た金で漁業権まで得たという事実でも明らかである。

引用の渡辺淳一の取材と時代状況を考えると、相羽の仕事はたんなる土建業でないことが一目で分かる。一般の暴力団とも違う。いわゆる極道の妻として生きる珠生の生きざまを描いたものではなく、日ソにおける闇というべき、まさに松本清張風の日本の黒い「霧」を描いているように思える。夫の相羽を殺害した人物は日本側のスパイなのか、ソ連側のスパイなのかは明示されていない。しかし少なくとも暴力団抗争事件におけるスパイや潜り込みとは違う人物なのであろう。

じつは桜木紫乃『風葬』にもレポ船の活躍が紹介されている。認知症の母篠塚春江が発したルイコウミサキ（涙香岬）という言葉に端を発し、釧路で書道教室を開いている篠塚夏紀が霧に包まれている母の過去を探る話である。それを元校長である沢井徳一と息子である元教員の沢井優作が協力して真相に迫っていく。そのなか、根室の闇の世界を支配していた旧根室遊郭の女将川田タヨとレポ船に関わっていた息子川田隆一の犯罪、それに付随して母篠塚春江の過去が明らかになる。根室にまつわる陰惨な過去記憶と数奇な人たちの運命も同時に掘り起こされていくのである。その一つがレポ船に関連するものである。次の引用は矢島元刑事の証言に当たる部分である。

矢島は息子に近づき、たんと酒を飲ませて訊きだしたと言った。同情めいた言葉を並べでもしたのだろう。斎藤は日頃の鬱憤を矢島にぶちまけた。
話は、息子の川田隆一がジャコと呼ばれるジプシー漁船員を装い、漁船に乗ってはソ連軍に情報を渡していた十九歳の時に遡った。新聞や海保、海自の名簿はその辺のレポ船でも持って来るが、彼らでは用が足りなくなると川田に要請がかかったという。だから公安も警察も川田をいいだけ泳がせてから傘下の人間もろとも一網打尽にするつもりだった。

『風葬』は『霧ウラル』と同じく、根室海峡をめぐる闇漁や密漁、拿捕やレポ船という北方領土をめぐる闇が扱われており、その類推から『霧ウラル』の相羽組の仕事内容は川田隆一が携わったレポ船の可能性が高いように思われる。両作は素材と主題において重なるところが多い。
さて、『霧ウラル』は、夫の遺骸を前にして珠生が、「今日から、海峡の鬼になる」と決心する場面で終わるが、その誓いがたんなる暴力団抗争事件の復讐とは思えない。夫相羽の出自がそうであったように、珠生の決心は、日本とソ連という国家の外側を生きる決心ではないかと思われる。根室はそうした気風の残る街で、そうした気風は少なからず釧路の人びとの生き方においても共通しているかもしれない。北の島の最果ての辺境という、国家の外側を生きる道東の人びとが宿命的に背負ったもののようにも思える。

一方で、『霧ウラル』『風葬』は大いに影響を受けた松本清張風の霧とは根本的に違うところがある。桜木紫乃の霧は記憶でもある。霧を晴らすことは記憶を掘り起こす行為ともなる。たとえば、『風葬』では霧にかかった過去を明らかにすることでさらなる不幸が生まれ、その行為が風葬の墓を暴くような行為としても捉えられている。

『風葬』には自己正義感で真相を明らかにする人たちと風化を生きようとする人たちの対立がある。母の出生の秘密を探し求める篠塚夏紀、それに協力する元教師の親子、他方では風化を生きようとする母篠塚春江、川田親子の対立が新たな犠牲をもたらしている。当事者は記憶の風化を望み、それに関わる第三者が真実を求め、記憶を掘り起こしている。次に引用する箇所が『風葬』の主題であろう。

穏やかな自殺――。美和子の言葉にも真実はあろうが、自分の考えは少し違うと夏紀は思った。病気は春江の本意ではないからだ。穏やかに自分を失ってゆくことを母が本当に望んだとしたら、それは命の放棄ではなく記憶の放棄だろう。絶命よりも残酷な人と人の別れである。命と記憶、どちらが残ってもどちらを失っても人は人として悲しいに違いない。

記憶を封印し、認知症で「ルイコウミサキ」を発する母春江の呟きに対する娘夏紀の思いである。記憶を封印して死ぬことを望む母と、母の記憶を明らかにして自己ルーツを知りたいと思う娘の対比は、過去記憶をいかに捉えるかの対立でもある。記憶を風化させるのか、それを生々しく再生させるのかの問題である。そして作品ではこのような過去記憶が引き揚げの記憶や北方領土の帰属問題とも深く関わってくる。歴史に風化され、深い霧に包まれている根室海峡の過去記憶といかに向き合うかが問われている。『風葬』はこうした歴史の記憶と個人の記憶が二重三重に重なっている構造である。風化と忘却が問われている。記憶の明暗でもある。

（4）風化と忘却、傷痕とデジャブ――『氷の轍』

桜木紫乃はいくつかの推理小説と呼べるようなものを書いている。概して推理小説としての評価は高くない。成功したとは思えない。本作がその代表格で、他に『凍原』『葦の硝子』がそうであり、『風葬』や『霧ウラル』もそうした系列であると言ってよい。

すでに述べたように、桜木紫乃の習作期はきわめて長く、なかなか作家として世に出られない状態であった。松本清張賞にも投稿して佳作に選ばれることがあったが、受賞には至っていない。純文学においても推理小説においても一人前の作家になりたい焦りのようなものがうかがえ、挫折を繰り返していたと思われる。こうした時期に試みたのが松本清張流の社会派推理小説であると著者は推測している。松本清張の長い不遇の時代と低学歴、四十三歳を超える遅い作家デビュー、反骨の精神などは桜木紫乃に大きな影響と共感を与えたであろう。桜木紫乃が正式にデビューしたのが四十一歳頃で、両者は日本近代小説家のなかで非常に遅くデビューした部類に属する。

両作家の固有の文学はこの長い挫折と忍耐の時間によって否応なく作り上げられたと著者は思っている。社会への厳しい反骨精神、頑固な思想性、さまざまな人間模様、人間存在に対する憐憫と肯定精神はこの挫折の時期に形成されたであろう。そのためなのか、桜木紫乃の多くの作品は犯罪のない清張小説と類似するところがある。もちろん犯罪が絡むものもいくつかある。その場合は清張流の社会派推理小説の形態となる。本作もそうである。

もう一つ、桜木紫乃が松本清張から学んだ大きい感覚は砂感覚である。松本清張には『砂の器』という名作がある。個人的な努力と現在の達成が生まれついた血筋や環境によって砂のように崩れ落ちるパターンである。桜木紫乃『凍原』における「おくるみ」のようなもので、過去が現在を支配するのである。過去がデジャブとして現在に再生される。すでに出来上がった同じ道をいつのまにかたどってしまう。本題で喩えて言うと、過去に経験した「氷」の「轍」をもう一度なぞってしまう悲劇である。過去記憶は砂地の低炭地層の上に出来上がった釧路にも当てはまる。北海道の薄弱な歴史と風土にも当てはまる。桜木紫乃文学の大きな価値はこの清張流の砂感覚を釧路と北海道の風土性と歴史性として創出したことである。

さらにもう一つ、桜木紫乃が松本清張から大いに学んだのは霧感覚である。清張には『日本の黒い霧』という名作があり、総じて清張は霧の作家とも言える。霧にかかった深層の真実を暴き出すのである。「霧プロダクション」という映画会社も設立している。霧とは深層や真相への入り口となる。視点を変えれば、保護と守りのベールでもある。シェルタリング・スカイにもなる。それを個人に換言すれば過去記憶の忘却となる。忘却されていた過去が突如デジャブとなって顕出する。奇しくも釧路は霧の街である。砂地の上にできた街は流動している。桜木紫乃は松本清張が持たないこうした霧の風土性を体現している。霧はたんに隠喩だけではなく、風土性として釧路の人々に投影されることになる。これが桜木紫乃文学の大きな特徴であり、また偉大性である。

『氷の轍』の冒頭は霧から始まる。

水平線に鮮やかな朱色の帯が走っていた。

七月の街を覆う海霧のせいで、今日も一日太陽を拝んでいない。沖に横たわる陽《ひ》の名残はひどく遠かった。

大門真由《だいもんまゆ》は河口にかかる橋を渡り、リハビリ専門病院へ続く坂へ向かっていた。ここ数か月、道警釧路《くしろ》方面本部の建物を出るあたりから毎日、職場にいるときとは別の疲れを感じるようになった。アクセルを踏むつま先も遅れ気味だ。


釧路の名物である海霧に幣舞橋、崖という風土の紹介から始まり、いよいよ大門真由という若手女性刑事の活躍が始まる。内容は錯綜しているので大筋だけを紹介する。

事件は八十歳の独り暮らしである滝川信夫の死体が釧路の海岸で発見されたことから始まる。それを若手刑事の大門真由とベテランの片桐周平が追いかける。滝川の部屋には北原白秋『白金之獨樂』「他ト我」の「二人デ居タレドマタ淋シ／一人ニナツタラナホ淋シ／シンジツ二人ハ遣瀬ナシ、シンジツ一人ハ堪ヘガタシ」のページにしおりを挟んでいた。二人の刑事は滝川の来歴を調べるために青森県や八戸へ調査に向かい、そこでキャサリンという放浪ストリッパーと二人の娘の存在を知る。作品は全体において北原白秋の『白金之獨樂』が随所に使われ、この詩を基調ベースに進んでいる。

事件発生後、大門と片桐刑事は滝川信夫が釧路和商市場で蒲鉾を販売する米澤小百合に接近していたことに注目し、滝川の経歴と米澤の接点を探るために八戸を訪ね、二人が放浪劇団で短い期間を一緒に暮らしていたことを突き止める。米澤小百合の母キャサリン（行方さち子）は放浪劇団の座長であった。キャサリンには姉千恵子と妹小百合という二人の娘がいたが、生活苦で一座は解散し、貧苦のため、姉妹は加藤千吉という人買いによってそれぞれ別のところに人身売買される。姉の千恵子には凍てついた道の轍の上を、リヤカーに乗せられて売られていく妹の小百合の姿が忘れられない。函館で売られて別れた千恵子と小百合はそれぞれ艱難辛苦の放浪のすえ、最終的に兵頭恵子と米澤小百合として釧路で出会うことになる。しかし四歳で姉と別れた小百合は姉や八戸での記憶がない。姉恵子はそれを隠して親しく付き合う。

そんななか、偶然に姉妹を発見した滝川信夫が過去の八戸での苦難の思い出や、姉妹と親子への同情、義理人情的な親切心から姉恵子に母との再会を強く勧める。過去記憶を共有し、親子関係を取り戻すように説得する。兵頭恵子はこれを過去記憶の侵入者と見なし、滝川信夫を自宅近くの崖から突き落として殺害する。

他方、追い詰められた兵頭恵子は刑事大門と連れ立って幼年期を過ごした八戸のストリップ小屋や、母の行方さち子が入居している老人介護ホームを訪ねる。ようやく母娘は再会するがお互いに親子の関係性を確認せず、沈黙のうちに別れる。

作品の細部はさらに複雑に絡み合っているが、以上が大筋である。既視感のある筋で、松本清張『砂の器』に類似している。『ゼロの焦点』のテーマにも近い。『砂の器』においては癩病の父との放浪の過去記憶を、『ゼロの焦点』では売春婦の過去記憶の暴露を恐れ、殺人に至っている。『氷の轍』の殺人動機もこれに近いものがある。母キャサリンが売春婦まがいのストリップダンサーで放浪したこと、人買いに買われて姉妹が別れたこと、成長過程の暗い過去を、今になって確かめ合うことを兵頭恵子は恐れたのである。その点、推理小説としての斬新さはいまひとつである。殺人と推理の箇所は極端に少ない。延々と姉妹の放浪の旅が描かれている。推理においては犯人が刑事を連れ立って旅をしている始末である。筋は二の次になっている。『氷の轍』の展開は推理的な筋にあるのではなく、風土と歴史を生きる人間たちの描写に主眼が置かれているように思われる。つまり北海道と釧路の風土性と歴史性である。

まず注目したいのは人間の孤独さである。作中には北原白秋の「彼と我」が繰り返し引用されている。作品のエピグラフとしても全文が引用されている。つまり『氷の轍』とは孤独を生きること、人間は誰もが一人であることを主眼とする。多くの作中人物はみなが独り暮らしである。縁故がない。血筋が否定され、旧来の家族や共同体を生きる登場人物は存在しない。姉妹と母キャサリンがそうであり、独身の片桐刑事がそうであり、養子の大門刑事がそうであり、被害者の滝川信夫もそうである。作中は「二人デ居タレドマタ淋シ／一人ニナツタラナホ淋シ／シンジツ二人ハ遣瀬ナシ、シンジツ一人ハ堪ヘガタシ」の北原白秋の詩が繰り返し紹介され、登場人物はそれに則るかのような人生経路をたどっている。つねに放浪を重ねる。そしてその放浪の終焉地が釧路になっている。しかし釧路が最終の安住の地にはならない。終焉の場所にすぎない。放浪のたまり場としての釧路である。

もう一つは記憶と関連するデジャブ感である。作品では函館における姉妹の別れの場面、姉妹を決裂させた氷の轍がデジャブになって反復される。それがあたかも刻印された宿命のように現在に反復されている。過去の悲惨な別れが現在の別れと重なる。このデジャブ感は基本的には傷痕の徴でもある。ここで結論を先に言えば、この傷痕（徴）を有する者が北海人であり、釧路人ということになる。本土との和解の方向ではないのである。滝川信夫がめざしたような本土との血筋の再確認への方向ではない。訣別の傷痕こそ北海人と釧路の人びとの新たな自己アイデンティティーということになっている。

デジャブ感は桜木文学の核心の一つで、たとえば『家族じまい』の第二章「陽紅」では北海道十勝の果てしない直線道路でも「往路と復路は同じ場所にある」とし、帰路に立つ陽紅は「この道は果たして、戻る道なのか往く道なのか」と戸惑う。過去と現在の区別がつかなくなるのである。『蛇行する月』の第四話「美菜恵」では北原白秋「この道」で作品が閉じられている。過去に見た記憶が現在に反復される。人生は果てしなく停滞するものという認識であろう。なかなか前に進まない。現在は過去記憶に囚われて停滞する。それを防ぐためには過去記憶に蓋をしなければならない。漏れ出す過去記憶を蓋で抑え、それが現在にデジャブとして再現されることを防ぐ必要がある。これが桜木文学でよく見られる蓋感覚である。蓋感覚はつねにこうした過去記憶が介在する。

さらにもう一つの要素は釧路の風土性である。これが最大の理由ではないかと思っている。作中にはつねに釧路の風土性が繰り返されている。霧により日照不足が起こす陰鬱な風土性である。その風土性は「影のない街」として日本国ではない「もう一つの国家」とまで想定される。

アスファルトのどこにも影のない街は、木陰は日陰が涼しく感じる土地から戻ると不思議な感じがする。上空は雲というより蓋だった。夏場に他所《よそ》の土地から戻ると、空にシールドのある近未来とはこういうものかもしれないと思う。駅の観光ポスターには「釧路という異国」とあるが、なるほどこの街を言い得て面白い。

桜木紫乃文学には隠された不穏さがある。本土はいつも「内地」と呼ばれて北海道から切り離されている。北海道を中心としてもう一つの共和国が無意識に想定されているのである。札幌を都とする共和国のようなもの、いわば北海共和国と呼べるようなものである。本土は内地とされ、ほぼ別の共和国として想定されているのである。その北海共和国なるもののシンボル的な存在が釧路ということになる。「影のない街」「釧路という異国」はそうした感性の表現でもあろう。

そしてなにより重要な特徴をなしているのが父の不在性である。父親に象徴される血縁やルーツの否定になる。天涯孤独性である。そうした箇所は随所に表れ、犯罪の動機にもなっている。親と血縁関係を否定して北海道を放浪した人たちに、滝川信夫が突然に現れ、ルーツと血縁と美しい家族物語を要求する。兵頭恵子（千恵子）はこの親切にひどく戸惑い、この善良な知識人である滝川を殺害する。殺人動機としては異様だが、これは兵頭恵子の歴史や過去への強い拒絶を示すものであろう。日本内地的なものへの嫌悪である。天涯孤独性を貫きたい一念であろう。それが北海性なのかもしれない。

家族再会と血筋の確認という家族美談を説く滝川に千恵子は滝川の「口からこぼれ落ちてくる善意に大きな狂いがある」ことに気づく。そして次のように反論する。滝川と千恵子の会話は非常に対照的である。


「佐知子さんとあなたたち姉妹のことを思うと、とても苦しかった。僕は、父親のような気持ちで、あなたと小百合さんを探していたんです」

父親――

「そんなもの、わたしたちには最初からいなかったです。いないものを想像するのは無理です。養父も、最初からわたしを娘として育てなかった。物心ついてから養子にしないと自分が実の娘だと勘違いしてわがままを言う、はっきりそんな言葉を口にするような人でした。
……［後略］……」

父親の存在の否定については、『ブルース』の主人公影山博人が「俺は、血とか親子ってのがよく分からない。自分を産んだのは自分じゃないかと思うことがある」と言っており、『砂上』の柊美利が「誰が自分を産んだかなどどうでもいいこと」と思うところと重なる。『氷の轍』の兵頭恵子も同じ考え方の持ち主である。いずれの発想も北海道を日本本土から分離していく発想である。本土への癒着を強く拒否しているのである。千恵子の殺人動機は最終的に次のようにまとめられている。

千恵子は動機について、滝川が自分を八戸の母親に会わせようとしつこかったため、という供述を崩さない。取り調べに対し、滝川信夫が執拗に情に訴えたことを繰り返している。夫を亡くしてひとりになったのならなおさら血縁のありがたみがわかるはずだ、と口説かれて辟易していたという。

義理人情や血縁への帰依に辟易しての殺人は動機としてはやや唐突である。しかし千恵子にとっては一人で生きる天涯孤独性こそなにより重要な要素である。血縁とそれに派生する義理人情を頑なに拒否する。

氷の轍を通った過去記憶と放浪こそ新たに生まれた自己とも言えよう。血縁を捨て、北海道を放浪することによって得られた新たな自我で、それは本土との断絶を要求するものである。要するに、氷の轍とは姉妹が歩んだ放浪の軌跡だけではなく、北海道を生きる者が歩んできた共通する傷痕の記憶であり、原型となる記憶であったと言える。本土という歴史と血縁の世界からの厳しい断絶と否定が求められているのである。

▼注

▼1　釧路の霧に関する記述は『新釧路市史』（全四巻、釧路市、一九七四年）、杉沢拓男『釧路湿原』（北海道新聞社、二〇〇〇年）、佐藤尚『釧路歴史散歩（上）（下）』（釧路新書第九巻・第一一巻、一九八二-八三年）、ウィキペディアの記述などを参照した。

▼2　『釧路湿原の文学史』（藤田印刷エクセレントブックス、二〇二二年）の著者盛厚三は「おわり」で、「湿原の空は晴天なのに、遠くのその街の空に煤煙がドーム状に低く重く覆っていた異様な風景」を釧路の原風景として述べている。興味深い記憶で、霧と共にシェルタリング・スカイのイメージがある。釧路の人びとたちはこうした原風景も共有して

いるのかもしれない。

▼3　初出は『STORYBOX』(第二二号、二〇一一年六月)である。のちに単行本『起終点駅ターミナル』(小学館、二〇一二年)に「たたかいにやぶれて咲けよ」の題で収録されるが、多くの書き直しが行われている。本書での引用は単行本による。

▼4　原田康子『聖母の鏡』(新潮社、一九九七年)からの引用。

▼5　桜木紫乃は「大きな星」(『釧路春秋』第六四号、原田康子追悼特集)で、一四歳のとき『挽歌』を読んで「いつか自分の生まれた街を舞台にした物語を書いてみたい」と思ったことを述べている。

▼6　桜木紫乃「霧灯」は第一二回松本清張賞候補作(二〇〇五年)に選ばれている。審査委員長は浅田次郎。

▼7　渡辺淳一「奇々怪々の北方領土」(『雪の北国から』収録、角川文庫、一九八二年)。

第三節　崖（秋）

釧路は崖の多い街である。また崖で有名な街でもある。釧路川を境界にした南地区の高台と北地区の平地が見事な対比をなす。街が高低差のある二つの地形によって支えられている。さらに早い時期に開発された根室段丘の海岸段丘を土台とする高台の南地区は、釧路川沿いと海岸線沿いの低湿地に二分される。高台地域と川べりや海岸線地域の間には険しい崖があり、急な坂道になっている。他方、釧路川の新開地である北地区は白糠段丘の平地が続く。新開地の西の方は一段と低い湿地地帯で、釧路湿原が差し迫っている。

ごく大まかに言えば、釧路は古い高台から発達し、崖下にあふれ出し、川北の平地である新開地を満たしてから湿地帯である釧路駅の北に広がり、さらに駅北から湿原を埋め立てるかたちで湿原へと拡張してきた。つまり釧路は四つの地区が存在すると言ってよい。それぞれの居住地区によって人びとの歴史と生活と環境には微妙に相違が発生する。移住の歴史と貧富の差が発生する。地位と身分の差もおのずと発生する。官公庁はおもに高台に位置する。それを人文的な普遍性で大雑把に分類すれば、釧路には崖下の人間と崖上の人間が存在すると言える。とくに海岸段丘の上に立つ南地区の崖は急峻で、人びとは崖にへばりつくように、少しでも高台に近い方向を目指していく。今は名所になっている「出世坂」はこうした心情の表現だろう。潮風と川の氾濫から身を守るために崖の上を目指し、同様の理由から崖下に落ちないように、崖上に留まるために必死の努力をする。崖上と崖下を結ぶ通路は狭くて急峻であり、それが釧路の人びとのさまざまな悲喜劇を生むことになる。出世坂はかつて「ちょうちん坂」「地獄坂」とも呼ばれた。[1] こうした落差が人間万華鏡のさまざまな暮らしの模様を作り出すのである。こうした崖上と崖下をめぐる人間群像のもがきは桜木紫乃文学における重要な要素となっている。

(1) 崖下の人間群像——「起終点駅(ターミナル)」

「無縁」第二話の「起終点駅(ターミナル)」は南地区の崖下と崖上を結ぶ坂道の描写から始まり、同じ坂道の描写で終わる。つまり、物語全体が崖下と崖上をつなぐ坂道に挟まれている構造である。この構造は作品の性質にも大いに影響する。まずは冒頭を紹介する。

裁判所へ続く坂道は、ゆるく左へとカーブしていた。

狭い歩道を百メートルと少し歩く。

鷲田完治《わしだかんじ》は坂を上るときいつも、海が建物に遮られる手前で足を止めた。九月の太陽をうけてきらめく凪《なぎ》の太平洋を視界に入れる。今日はひときわ晴れている。夏らしい夏は、今年もなかった。

釧路の街にやってきてから三十年のあいだ、待つともなく夏を待ち、結局出会えないまま秋を迎えることを繰り返していた。

弁護士の鷲田完治が釧路地方裁判所へ向かう場面である。釧路地方裁判所は高台の上にあり、鷲田は崖下の潮風にさらされるみすぼらしい一軒家から坂の頂上を目指して裁判所に通っている。そして込み入った事件がようやく終わったあと、鷲田はまた同じく坂道を上っていく。作品の最後は冒頭を繰り返すような文章で締めくくられている。

裁判所へ続く坂道の、いつもと同じ場所で立ち止まった。視線を海から空へと移す。高い空だ。雲がひとつもない。晴れ渡った空は青いビニールシートと同じ色をしていた。坂は急だが、上るのは苦にならない。アスファルトの亀裂《きれつ》に季節はずれのタンポポが咲いていた。

海から吹く風は乾いた潮のにおいがした。

首尾一貫した描写である。しかしなぜこのような坂道が設定され、一般的に社会的な地位が高いと思われている弁護士の鷲田完治が崖下に住み、崖上の裁判所に上って通うことになったのだろうか。釧路地方裁判所のある崖上と海辺の崖下には懸隔な差がある。歴史的に形成されたものである。こうした地形の上下は新旧と貧富の差も反映する。釧路の街はそのように出来上がっている。鷲田の家は裁判所がある米町を海まで下りきり、今度は海に背を向けさらに五分ほどのところにある。三十年前に五百万円で売り出された中古住宅をそのまま使っている。いまはもう古くなり、水道と電気系統は毎年のように不具合を起こすみすぼらしい一軒家である。崖上の裁判所と崖下の鷲田法律事務所とは見事な対比をなす。

じつは釧路におけるこうした場所の明確な対比は先例がある。戦後の一大ベストセラーで、映画にもなり、釧路のイメージを一躍日本中に広めた原田康子『挽歌』の兵頭怜子一家と桂木一家の位置関係がこれとほぼ重なる。高台の公園で子犬に咬まれて怪我をした兵頭怜子に、飼い主である建築家の桂木節夫と娘くみ子が高台から自宅を紹介する場面は印象的である。この崖上と崖下での出会いがすべての展開における基礎となっていく。高台に住む旧家の兵頭怜子の家と札幌から赴任したばかりの桂木一家の釧路での位置関係を示すものとして、あるいは新入りの桂木夫人あき子が自殺するに至る過程が、こうした釧路の地形的な位置関係に見事に反映されているのである。次に示すのは桂木節夫が兵頭怜子と出会い、最初に名乗る場面である。

小さな林を抜けると、その丘は急に切れた。すると、その丘と、べつの丘との間の窪地《くぼち》の細長い住宅街が眼に入った。

むかし、小さかったころ、わたしはこの公園のあたりに遠足などで来たことがある。そのころは、こんな窪地に人家などなかったようだ。熊笹《くまざさ》だけが茂っていて。戦後に、市街が此《こ》処《こ》まで伸びてきたのかもしれない。ブロック建築や、木造モルタル塗の、新しそうな、いくらか洒落《しゃれ》た家々が窪地に並んでいた。

「くみ子の家はどれ？」

と、男が立ち止って女の子に訊ねた。女の子は、笑顔になって、小さな手をいきおいよく伸ばして、一軒の家を指した。

それはブロック建築の三十坪近くにみえる平屋であった。凹凸《おうとつ》の多い建物の灰色と、屋根の濃いオリーブ色が落着いた調和をみせていた。若木らしい低い落葉松《からまつ》を周囲にめぐらした敷地はかなり広い。家の裏に樹木があり、玄関の前はいくらか芝生《しばふ》になっていて、そこにブランコがある。犬小屋もある。大きな出窓や、サンルームらしい部屋の戸の硝子《ガラス》がひかっていた。

「あれ小父さんの家？　いい家ね」

とわたしは言った。彼は黙っていて、ややたってから、

「桂木《かつらぎ》、といいますからね」

と教えた。


戦後まもなくの膨張する釧路の風景である。新興住宅地が崖下や湿原を埋め立てて次々と建設され、新しい移住者が釧路におし寄せる。札幌から移住した桂木一家はそうした中産階級の人たちである。他方、兵頭一家は初期の開拓者で、広大な土地を所有し、漁場を開き、炭鉱を発掘し、回漕問屋を持ち、牧場と馬を育てながら釧路に根付いている旧家である。高台の繁華街に近い場所に古色蒼然たる豪邸を構えている。新旧が鮮やかに対立する構造で、『挽歌』の悲劇と桂木一家の崩壊はこうした場所の空間性に由来したとも思われる。

同様に、高台の裁判所と崖下の窪地の鷲田法律事務所兼自宅の間にもこうした空間の力学が存在していると言える。それは鷲田の出世街道から脱落した経歴がその傍証となる。あるいは鷲田法律事務所に出入りする人間たちの境遇が、いずれも釧路社会の底辺であり、崖下の居住者である共通点を持っている。概要を紹介する。

六十五歳の弁護士鷲田完治は、国選弁護士として椎名敦子の覚醒剤使用弁護を担当していた。椎名敦子は厚岸の近くの海辺で生まれ、十五歳で家出し、いまは三十歳の風俗嬢である。彼女には共犯の恋人がいたが、恋人である大庭誠は暴力団大下一龍組の末端構成員であり、大下は裏切った大庭の行方を探していた。それを椎名敦子はひたすら隠す。執行猶予で釈放された椎名敦子は鷲田弁護士に、実家のある厚岸への案内を頼む。二人は椎名の実家を訪ねるが、実家は海辺の崖下にへばりついて建っていたが、すでに廃屋になっていた。そこに二人は瀕死の大庭誠を発見し、警察に届け、大庭は一命を取りとめる。

他方、大下組の大下一龍はかつて鷲田が国選弁護士を頼まれた経緯から、鷲田に大下組の専属弁護人になってくれるようしきりに頼んでくる。鷲田はそれをきっぱりと断っている。覚醒剤使用事件はこれで一段落し、椎名敦子は心機一転し、定山渓の温泉旅館で働くために釧路を離れる。

ここまでが物語の中心筋であるが、これに並行し、鷲田の過去と現在が述べられる。鷲田は心に蓋をしている過去がある。昔、鷲田は学生運動に情熱を傾けていた。その時、鷲田に司法試験を勧めたのが二年後輩の篠田冴子であった。篠田冴子は大学を辞め、鷲田を支えるために夜の仕事に従事するが、鷲田が司法試験に合格するやいなや行方をくらます。裁判官の道を歩むことになった鷲田は、結婚し、旭川地方裁判所の右陪席判となるが、その時、偶然にも覚醒剤取締法違反で逮捕された篠田冴子の裁判を担当することになる。篠田は留萌でスナックを経営していた。

篠田との再会に、鷲田は篠田との同棲を決心し、彼女を連れ出すが、出発の当日、篠田は留萌駅の線路に投身自殺をする。鷲田は自己嫌悪で裁判官を辞職し、釧路の崖下で弁護士事務所を開業する。妻と一人息子とも別れる。三十五歳であった。それ以来三十年間、国選弁護士一筋で生きることになる。その鷲田に息子の堂島が結婚式への出席と残りわずかな命の元妻との面会を頼むが、鷲田はこれも断る。釧路の崖下で一人暮らしに徹するのである。

概要が長くなったが、「起終点駅」では崖下で陰の人間として生きる人間たちが多く登場する。崖上の裁判所が陽であるとすれば、崖下の鷲田は陰となる。東京への転勤に喜ぶ裁判官や会社の顧問弁護士となって経済的安定と出世を目指す私選弁護士らとは違う生き方を鷲田は選択する。その象徴が崖下の海を背にしたみすぼらしい事務所である。

他にも陰の崖下を生きる多くの人物が登場する。若い時に暴力沙汰を起こして服役し、出獄して家業の暴力団組合を継ぐ大下一龍、貧しい厚岸の海岸の崖下で生まれて底辺を生きる椎名敦子、覚醒剤取締法で服役することになる大庭誠も崖下の人間であろう。劣悪な環境によって崖下の暮らしを余儀なくされているとも言える。他方ではみずから傷を負い、崖下の暮らしを選択する者たちも存在する。裁判官を捨てた鷲田がそうであり、東北大学法学部を辞めて留萌でスナックを経営し、ついには自殺する篠田の人生がそうであり、同じく東北大学法学部を卒業し、司法試験を諦めてみずから検察事務官になる鷲田の息子堂島の選択もそうなのかもしれない。鷲田と離縁し、病死していく元妻の人生も崖の上にあるとは思えない。
　このように桜木紫乃の作品には崖下の陰で生きる人たち、挫折の傷痕をもって生きる人たちが多く登場する。そしてそうした人たちが住む場所として釧路の崖下や崖の断崖が設定されているのである。場合によっては厚岸の断崖であったり（「起終点駅」）、留萌の岬であったり（「風の女」）、道北天塩町の海岸沿い（「潮風の家」）であったりする。たとえば「起終点駅」の椎名敦子の厚岸の実家は次のように描かれている。

急に、坂の終わりがきた。ほっとして車を停める。目と鼻の先に木造の平屋が建っていた。車を停めるまで気づかないくらい小さな家だった。家というより小屋だろう。腰丈ほどもある草に埋もれている。完治は車を降りて、ぐるりと辺りを見回した。家は、崖下にへばりつくような浜を見下ろす場所にあった。潮のにおいがきつい。崖をはいのぼってくるうちに、風が空気を濃くしているのではないかと思うほどだ。
　みごとなまでの廃屋だった。人が住んでいる気配はない。少しでもつついたら、ばらばらになってしまいそうだ。

椎名敦子の実家は崖に沿っていた。椎名敦子は廃屋の実家で両親の位牌と三歳の兄の子どもの位牌を発見する。三体の位牌は日付がみな同じである。崖の家でなにが起こったのか、作中では説明されていない。兄夫婦の行方も明らかにされない。同じく厚岸を扱った長編小説『硝子の葦』では厚岸で起きた大きな火事の謎が扱われているが、そこにヒントとなるものがあるのかもしれない。

ちなみにだが、桜木紫乃の作品には厚岸出身の登場人物が多く存在する。過酷な環境から釧路に抜け出て釧路の崖下の底辺を生きていく人たちである。厚岸の延長に根室が存在し、弟子屈町とともに桜木紫乃文学の磁場を形成している場所である。道東地域である。

最後に指摘しておきたいことは、崖は、崖下の底辺の場所でもあるが、絶壁の断崖は羽を広げて飛び立つ場所でもある。飛翔を夢見て飛び立つ場所がまた崖なのである。それをより具体的に言えば、準急行、急行、特別急行の始発駅であり、終着駅でもあった当時の釧路駅ということになるであろう。

(2) 崖下の憂鬱、定住と漂泊――「月見坂」

「起終点駅」の鷲田完治弁護士と同様、釧路の崖の下で日陰者として生きる者は『星々たち』第五話「月見坂」でもみることができる。木村晴彦である。作品は構造においても「起終点駅」と同じように坂を上り下りしているが、「起終点駅」の鷲田弁護士は冒頭でも最後でも坂を上っているが、「月見坂」の木村晴彦は冒頭と最後ともに月見坂を下る場面になっている。偶然とはいえ、判事出身の弁護士である鷲田と高卒で裁判所窓口勤務の末端事務員である木村の立場の違いを読み取ることができるかもしれない。冒頭は次のように始まる。

四月に入って二週目の霧の夜、木村晴彦《きむらはるひこ》は簡易裁判所の窓口業務を終えて帰路についた。通勤に使う月見坂は勾配《こうばい》がきつく、下りの際はときおり美しい月が正面に浮かび、思わず足を止めることがあった。その空が今夜は夜霧にかすんでいる。

春先から立ちこめる霧は、ふたつ向こうの街灯を拝めないほど濃い。夏場まで数日おきか毎晩、街は霧に覆われた。海からやってくる霧は潮を含んでおり、深呼吸をすると気管がひりついた。

月が霧で見えない月見坂を四十一歳の木村晴彦が下りているが、木村の半生はじつに平々凡々なものであった。地元の高校を卒業して裁判所に就職したが、同僚や後輩たちが事務官を目指して出世するなか、そうした自尊心や虚栄心には興味を持たず、出世から遅れ、同僚や後輩たちの部下となり、二十年も末端で働いている。自己世界に閉じこもり、世間や職場の人間関係には無頓着で、当てどもなく日常を繰り返していた。兄と姉が引き取らない母と二人で暮らしていた。

住まいは月見坂を下りて五分ほど歩く場所にある二階建てアパートの一階の左端である。月見坂の崖下に住んでいたのである。簡易裁判所は柏木町の高台に位置しており、毎日、坂を上り下りしている。三十歳までは多少は女性との交際もあったが、母と同居してからは女気が一切ない。他人と関わることを嫌い、無口で、表向きには温厚に見えるが、じつは世の中のことに一切興味を示さない。人生への諦念を漂わせながらみずからは「つまらない」男と自覚していた。そんな生活のなか、突如塚本千春が現れる。ここからは筋に沿いながら概要を紹介する。

釧路簡易裁判所の窓口業務をしていた四十歳の木村晴彦のところに二十二歳の塚本千春が相談に来る。同居していた放浪を重ねる放蕩な母咲子が、千春から三十万円のカードローンを借りた後、逃げ出したという内容であった。塚本千春はスーパー配達業務を担当し、木村の母親のクレームに対応するため、一度木村の家を訪ねたことがある。貪欲で口うるさい母は周りによくクレームをつける。その被害者が塚本千春であった。塚本千春の性格は母とは正反対で、どこかぼんやりしたところがある。自己主張が弱く、鈍感で、どこかだらしなさのある性格の人であった。千春の世間に浮いて生きるような性格に木村は興味を持ち、二人は一緒に暮らすことになる。千春を戸籍に入れ、春からは公務員宿舎の五階で二人暮らしを計画する。母は同居を望むが断ることを決心する。千春との新生活と母との別れを決心しながら、月見坂を下りて千春を迎えにいく。その最後の場面は次のように描かれている。

千春を迎えにゆくために、外に出た。晴彦は、耳鳴りが起きそうな寒さのなか、夜空を振り仰ぐ。自分がなにかとてつもない失敗をしたような気がして、星々に目をこらす。これでいいのだと思ったり、惜しいことをしたと悔んだり。それでも、これから先あまり代わりばえのしない生活が続くことについて、大きな落胆はなかった。

空気が澄んだ冬の空に、坂の途中で見てきた欠け始めの月が青く冷たく光っている。

塚本千春との結婚に対する木村晴彦の不安と開き直りが滲み出ている最後の場面である。失敗と悔やみと落胆という晴彦の想念に共鳴するかのように、月は円形のかたちが欠け、空に冷たく光っているからである。おそらく結婚は失敗するであろうということが暗示される。そして晴彦にはまた「代わりばえのしない」以前の生活が続くだろうということも予想される。それもおそらく崖下での生活であろう。

さて、崖下と崖上のことであるが、木村晴彦にとって塚本千春と結婚し、小うるさくお節介な母からは独立することが崖上の道であったようにも思われる。じじつ晴彦は崖下の賃貸アパートから崖上にある公務員宿舎への入居を希望し、しかもわざと五階を選んでいる。崖上にある広い公務員宿舎への入居が結婚に踏み切った一つの理由にもなっている。崖下の生活に慣れた母からの訣別の意味合いもあったであろう。

晴彦の背を押しているのは、春から宿舎に入居できるという報《しら》せだった。今よりずっと広い、家族向けの公務員宿舎だ。築年数は古いが、一階と五階の二戸が空くという。一階と五階では湿気が違うと聞いた。晴彦は五階を希望し、母にはそこしかなかったと告げた。階段の上り下りがきつそうだ、と漏らしていたが間取りを聞いて喜んでいる。

場所は明らかにされていないが、おそらく公務員宿舎は釧路地方裁判所近くの高台に位置していたであろう。崖下の生活から崖上の生活への転身となる。昇進や名誉や職業的なプライドなど、あらゆる将来性から外された木村晴彦が摑んだ最初の希望が二十二歳の若い千春との結婚と崖上での生活であった。しかしそれが叶うとは思えない。また以前の崖下へ戻ることが予見される。なぜならオムニバス形式の『星々たち』の主人公である塚本千春は、次作の「トリコロール」で、釧路出身の美容師一家の一人息子田上高雄と札幌で結婚生活を送っており、娘やや子を残して出奔し、三十八歳では小樽のスナックに勤めることになるからである。

『星々たち』の主人公である塚本千春の放浪と漂泊の旅はとどまることを知らない。浮草のように道内を転々とする。札幌近辺で生まれ、札幌に出てストリップダンサーになり、釧路、小樽、帯広を経て最終的には事故で障害者となり、再度釧路を目指す。塚本千春は桜木紫乃文学を代表する人物で、北海道を象徴する人物でもあろう。放浪と漂泊を重ねながら人に頼ることなくみずからの人生を一人で生き抜く女性像である。艱難辛苦は筆舌に尽くし難い。自己中心の性格で、執着心や人情などが極端に薄い。

放蕩癖の強い母咲子も娘千春と同じ性格の持ち主である。放浪と漂泊を続ける。札幌近くの街で生まれ、札幌、旭川、釧路、小樽の夜の世界を転々としながら渡り歩き、内地で殺人を犯して北海道に逃亡した能登忠治を匿いながら、小樽で終焉する。娘の千春に対する愛情は薄い。孫のやや子が釧路で図書館司書になることで女三代はようやく表面的に安定するが、その先はまた分からない。『星々たち』は桜木紫乃文学の最高傑作で、女三代の放浪と漂泊を経た安住は北海道の歴史と風土から汲み上げられたもので、おそらく日本語で書かれた文学作品の中では北海道の人びとのための最大の讃歌であると著者は思っている。北海道を生きる人びとの森羅万象が盛り込まれている。女三代は男性性の本土に対する強烈なアンチテーゼにもなっている。

やや遠回りになったが、釧路を起点で考えれば、塚本千春は釧路を通過して旅し、放浪する人たちである。木村晴彦と母は釧路に定住する人たちである。放浪と定住が釧路で交錯していたのである。また一方で千春も晴彦もあくまでも釧路の崖下の人たちであったことは指摘しておく。

（3）上昇への希求、欠損と喪失――『ブルース』『ブルースRed』

『ブルース』第一話の「恋人形」は、いまは球体関節人形教室（ビスクドール）を運営している柏木牧子の釧路における古い記憶から始まる。父が保護観察所の職員であったため、釧路に転校した二年目の中学三年の時、崖上の公務員宿舎に住んでいた柏木は初めて同期生の影山博人と出会う。影山は「崖の下」に住んでいた。作品は「崖の下」の強烈な印象の描写からスタートする。「ブルース」における重要な描写の一つであろう。

牧子が中学のころ、道東の港町のはずれには「高台」と「下の町」があった。湿原や線路を見下ろす「高台」には牧子の父に与えられた官舎、役所や小中学校、高校、一戸建ての家が並んでいた。高台は柵もない崖縁で唐突に終わり、赤い土が露出した崖肌からは雨が降るたびに赤い泥水が流れ落ちていった。

崖と産業道路に挟まれた、泥水に流されそうな場所に「下の町」はあった。正式な町名はあるはずだが、誰もその町の名を口にしない。「下には行かないように」という大人たちの言葉は牧子に、断ち切られた崖から先にあるものを想像させた。

『ブルース』と『ブルースRed』は釧路の「崖の下」で生まれ、闇の仕事で影山グループを立ち上げて釧路を牛耳り、最後は悲惨な死を遂げた影山博人の一生と影山に関わる女性たちを描いた作品である。桜木紫乃が得意とするオムニバス形式のもので、『ブルース』は全八話、『ブルース Red』は全十話で構成されている。そして全体の基調ベースになっているのが「崖の下」の記憶である。「崖の下」の生まれ、闇の世界からのし上がり、ついには釧路を支配する闇の力となる。その背景になっている原点としての「崖の下」が過去記憶として繰り返されている。たとえば第三話「鍵」では同じく「崖の下」生まれで、異母兄妹とも噂されている田所圭によって「崖の下」での生活が詳細に描かれている。

圭が生まれ育った「下の町」は線路に沿った国道と高台に挟まれた、三日月形の土地だった。もともと金も身よりもない人間たちがせめて住まいだけでもと集まってくる場所だったので、高台の住人は下の町には誰も気味悪がって近づかない。住人はよく入れ替わった。死んだり逃げたりは日常茶飯事。街灯もない、共同便所と共同の炊事場が両端にある、六戸長屋だった。影山博人と圭は、長屋の端と端に住んでいた。いずれも母親とふたり住まいで、誰が最初に言い出したものか博人と圭には異母兄妹という噂があった。博人の方が二学年上だったが、お互いいくつの時に出生届が提出されたのかわからない者同士だ。父親は当時長屋に住んでいた男のうちの誰かなのだろう。最初からいないものとして育ったので、特別に寂しいと思ったことはなかった。圭の母親はばくち打ちで、博人の母親は私娼だった。

影山博人は釧路の「崖の下」で生まれ、母は私娼で、父親の存在は特定できない。産みの母親は病的に男を求め、精神錯乱を起こしたあと、精神病棟で自殺する。田所圭の母はばくち打ちの中毒になり、賭場で吐血して死ぬ。圭も父が不在である。「崖の下」は最底辺の放浪者たちが住む場所で、釧路の闇の部分であり、暗黒の場所として切り捨てられた空間であった。

影山は崖の下での極端な貧困と差別のなかで少年期を過ごし、高校へは進学できず、炭鉱の下働き、染物屋の住み込みという日陰の青年期を送る。さらに影山には周囲から差別を受ける大きな負の遺産を持っていた。手の指が六本あったのである。いわゆる「正常」ではない。いわば「欠損」である。身体的な「障害」の部類に入るかもしれない。

影山博人には両手の指が六本あった。足の指も六本。最初見たときは、気づかないようにするのが精いっぱいだった。親方が名入れ手ぬぐいを届けた炭鉱の下請け会社から連れてきた少年は「六本」と呼ばれていた。親方夫婦も、そんな博人を人と接する仕事に就かせるのが不憫でプレス機を使わせることにしたのだろう。中学を卒業してすぐに住み込む職人がほとんどだったが、「八神染物店」が週末に帰る家のない子を受け入れたのは初めてだと聞いた。

『ブルース』の第二話「楽園」の三上敏江によって語られる影山の六本の指である。影山博人はさまざまな欠損を持つ存在だったのである。影山は自己の欠損による差別を克服するために裁断機と包丁で指を一本ずつ切り落とす。切り落とした指を幣舞橋から釧路川に捨てる。上昇への意欲である。

欠損といえば、影山の六本の指だけではない。そもそも「崖の下」という空間が釧路の欠損と言えるかもしれない。父の不在、母の狂気と精神病棟での自殺というのも欠損の環境であろう。桜木紫乃の作品では個性的な人物たちがどこか欠損を抱えているケースが多い。最大の登場人物といえ、北海人の象徴とも言える塚本千春は交通事故で右脚を失っている。顔面からはガラスの破片が出ている。あるいは日本語がうまく話せない「雪虫」のフィリピン人花嫁や「波に咲く」における中国人花嫁であったりする。いずれも障害をもたらす欠損である。

障害のことでいえば、釧路を舞台にした原田康子『挽歌』の兵頭怜子も左肘が変形して曲がりにくい障害を持っている。釧路を舞台にする代表的な作品に欠損と障害がみられるのはただの偶然だろうか。深読みだが、釧路の持つ欠損性の象徴にはならないだろうか。これは拡大すれば北海道の欠損性にもなるであろう。比較対象になる普遍性と正常性は本土になる。

もう一つ、影山の欠損性のなかでもっとも重要な要素としては、影山の父の不在があろう。不在というより父系の血の消滅である。それは同じく「崖の下」育ちの田所圭にも当てはまる。父の不在に母の自堕落と自死とは、影山の孤児性を象徴するもので、影山は父の履歴や素性すら知らない。本来から血縁の父を持たず、父とも訣別している人間なのである。孤独に生きる人間である。父と母を持たないということは故郷が存在しないことにもなる。祖先代々の故郷の不在である。

こうした感覚は植民として北海道に渡った北海人に基本的には共通するものであろう。故郷や親兄弟を捨てて北海道に流れてきているという歴史がここに反復される。それを「潮風の家」の老婆の星野たみ子は、「みんな親兄弟捨ててきた人間の子や孫なんだからよ」と若い久保田千鶴子に生まれ育った天塩町を捨てることを強く勧める。つまり、影山博人の孤児性こそ、歴史と血に裏付けられた北海性なのであろう。北海人の自我の本質がこの孤児性であり、父母に繋がる血縁の拒否であろう。こうしたことから影山の孤児性は北海道の歴史的な孤児性、絶縁性と通底するもので、北海人あるいは釧路人を象徴しているとも言える。影山が田所圭に言う次の発言はきわめて意味深長である。

「俺は、血とか親子ってのがよくわからない。自分を産んだのは自分じゃないかと思うことがある。そういうことを考えると、まだあの長屋から、一歩も出ていないような気がしてくる」

影山博人の「崖の下」の体験と記憶は北海人の原体験と言えるかもしれない。また桜木紫乃の多くの登場人物の共通した経験や記憶でもある。共同体への拒否で、あくまでも独り暮らしである。個を生きることに徹する。それはまた桜木紫乃が描く北海人や釧路の人びとのもっとも顕著なる特徴でもある。『砂上』での二十四歳の柊美利は「あたしは根っこなんて必要ないの」とまで言い切っている。

さて、崖上と崖下のことであるが、影山は崖下で生まれ、裏社会を生きながら釧路のドンのような地位を獲得する。娘との交流のなかで家族の喜びと信頼される父親としての役割をこなしていくが、ある日突然、娘を慕う外国青年に刺殺される。五十二歳の男盛りであった。崖上をめざし、六本目の指を切り落とし、釧路の頂点ともいえる場所までたどり着くが、終局には悲惨な最後を遂げる。崖上をめざす願望はそこにあると信じられた幸せをもたらしてはくれなかったのである。

たしかにこうした崖上と崖下の問題は日本近代文学でも見られる特徴で、たとえば、夏目漱石『門』（一九一一年）や嘉村礒多「崖の下」（一九二八年）、野上臼川「崖下の家」（一九一〇年）、梶井基次郎「ある崖上の感情」（一九二八年）など、東京山の手の崖下と崖上の都市空間にも表れている。[2]しかし『ブルース』ではそうした特徴が顕著に、露骨に、階級や貧富の差別だけではなく、正常か異常かというような身体的な欠損の問題としても突き詰められているが、これは北海道や釧路のもつ特異性とも深く関わっているように思われる。

総じて言えば、釧路が本土資本に浸食されて崩壊しているという作品での指摘のように、釧路自体が崖下の街なのである。「ワンダフル・ライフ」（『ワン・モア』第二話）では、釧路が「医療格差の断崖絶壁に位置する土地で、行き延びるための治療は一か八かの賭け」の状態にあるとされている。さらに広げると、北海道自体が崖下ということにもなる。欠損を抱えてその克服のためにもがいているが、最終的には自己の歴史的な出自に引きずり戻され、中途で挫折する影山博人の姿にはこうした釧路の街が深く投影されているようにも思われる。

（4）崖上の孤独、高台の終焉――『無垢の領域』『家族じまい』

崖下から崖上を目指した苦悩と悲劇を『ブルース』の影山博人が代弁しているとすれば、崖上に立つ人間たちの模様はどうであろうか。高台を下からのぞむのではなく、崖上から釧路の市街地を見下ろす人間群像の姿と視点である。『無垢の領域』の冒頭はこうした崖上の視点から俯瞰図のように街を眺め下ろす視点からスタートする。

初日だというのに、雨に降られた。

個展会期は十月の一週目、火曜日から土曜日までの五日間だ。予報どおり雨が続けば、来館者もさほど期待できない。

秋津龍生《あきつりゅうせい》は市立釧路図書館のロビーに立ち、丘の下に広がる景色を見た。図書館は築四十年、秋津が二歳のときに建てられたものだ。幼いころ母と連れだって歩いた記憶のなかで、この場所はとても華やかだった。乳白色の建物は、港と駅前通りと釧路川を見下ろす場所で、海霧と一緒に街の栄枯を見つめていた。

晩秋の雨は冷たく、街の景色を煙らせている。静かだ。細かな雨が街の音を吸収していた。幣舞橋《ぬさまいばし》と黒い川面は、墨絵に似ているといつも思う。

釧路の書道家の家で生まれた秋津龍生が市立図書館ロビーで釧路市街地を眺め下ろす場面である。母の書道教室を引き継いだ秋津龍生が、書道家としてまさに勝負をかけた個展が高台の市立釧路図書館で行われ、雨天の不安のなか、釧路市街地を一望する場面である。高台に立つ人間の視点を追体験しているとも言える。書道家として打って出たい気持ちの高揚と客入りへの焦燥感が入り混じった複雑な心情が、高台の眺望、雨に煙る霧の風景として描かれている。

秋津龍生は釧路で書道教室を開いていた母に育てられ、筑波大学で学び、中国に二年間留学した新進気鋭の書道家であるが、雄志を抱きながらも釧路に埋もれている四十二歳の若手である。従来の書道界に新風を起こし、頂上を目指したい気持ちはふつふつと内面にたぎっている。焦りと不安は募る。年老いて引退した母は重症の痴呆症で寝込んでおり、養護教諭である妻伶子との間には子供がなく、関係はぎくしゃくしている。教師一家で小樽に住んでいる妻伶子の母親からは離婚を迫られている。しかし無名に近い秋津龍生が経営する書道教室の収入は微々たるもので、家計は妻の伶子が支えている。妻に養われているという自意識が卑屈心と焦りを生むばかりである。どうしても崖上の世界を目指して打って出なければならない状態であった。冒頭はそうした秋津の目に映る高台からの眺めである。

秋津龍生と同じく書道一家で生まれたのが、市立釧路図書館館長として赴任した三十五歳の林原信輝と妹純香である。江別生まれの林原は祖母、母に続く書道一家で御曹司として生まれたが、ひたすら書道を極めんとし、愛情のかけらもない母への反抗心から書道に背を向けていた。その母は林原が十三歳の時に入水自殺し、林原は図書館流通センターに就職し、民営化された市立釧路図書館の最初の館長となって赴任したのである。祖母の死後、林原は精神薄弱で二十五歳の妹林原純香を引き取って釧路の高台で二人暮らしを始める。冒頭における秋津龍生の個展は林原の好意で開かれたのである。秋津夫妻、林原兄妹が作品の主要登場人物である。

作品は秋津龍生の目に映る眺望から始まるが、林原信輝が登場する第二章では今度は林原から見た眺望が詳しく紹介されている。

窓辺に立てば、仕事場とほとんど変わらない景色が広がっている。市の避難場所に指定されている建物を管理しているため、責任者は必ず高台側に住むことになっている。地震や津波の警報がでたときは、釧路川に架かる橋はすべて通行止めになる。館長はなにをおいても図書館に駆けつけなければならなかった。なので賃貸料が高いわりに、近所にスーパーもない場所に住んでいる。妹の面倒をみながら生きてゆくという、これからの自分を想像してみた。街灯が煌々と光を放つ大通りには、人影も見えない。車が猛スピードで視界を切ってゆく。ひたひたとした不安が胸に満ちていた。

館長の林原信輝は事務室も自宅も高台にある。生活が高台を中心に行われている。江尻出身の林原信輝、林原純香、秋津龍生の書道教室に通う中学二年生の母が高台に住んでいる。秋津龍生の書道教室は幣舞橋を渡った川北地区の平地と思われる。結論からすると、新しく釧路に入った人たちが高台に暮らし、釧路土着の人たちが釧路を追われるか、没落していく構造になっている。ここで全体の大まかな概要をもう一度紹介する。

釧路市立図書館館長として江別から釧路に赴任した林原信輝は知的障害者の妹純香を引き取って共同生活を送るが、妹純香は母から譲り受けた天賦の才能を持っていた。ちょうど図書館一階で個展を開いていた秋津龍生は純香の才能に惹かれ、純香を書道教室へ誘う。他方で伶子は林原に心惹かれ、二人は頻繁に親密なメールのやり取りを重ね、一度過ちを犯すことになる。

こうしたある日、妹の純香が幣舞橋の欄干から釧路川に突き落とされて死亡する。犯人は同じ秋津龍生の書道教室に通う中学二年の澤井嘉史であった。精神にやや障害を抱えていた子であった。事件後間もなく、秋津の書「画龍点睛」が若手の登竜門である「黒龍展大賞受賞作」となり、地元で沸き立つ。この若手書道家を盛大に祝う地元の文化賞受賞式と祝賀会が開かれることになるが、その会場で、林原は秋津の受賞作というものが、妹純香が本能的に模写した母の書であることを明らかにする。純香は臨書（模写）の異常な才能の持ち主で、生前の母の書を脳内コピーしていたのである。それに秋津龍生と痴呆の母は大きく動揺する。母の痴呆症はやや偽装的なもので、息子の秋津龍生の将来と一家のためであった可能性が初めて露見される。

概要でも分かるように、「無垢の領域」では釧路在住者と新しく釧路に入ってきた人たちの対比と対立の現象がみられる。それが崖上と崖下の構造に少なからず反映されているように思われる。江別から釧路に入った林原兄妹は崖上の人間たちである。市立図書館館長である林原は高台に住んでおり、純香は障害者ではあるが特異な才能の持ち主である。小樽出身の秋津伶子は高校の養護教諭として一家を支えている。いずれも後から釧路に入ってきている人たちである。他方、釧路在住者の秋津龍生の才能は本物ではない。痴呆で寝たきりの母親の息子への愛情は歪なもので、それによって秋津は最終的に破綻する。精神障害者である中二の澤井嘉史は幣舞橋の中央から純香を釧路川に突き落として殺害している。となると、釧路在住者が新来者に追われていく構造になる。流れ着いた者によって土着の者が流されている。停滞と沈殿の街が釧路で、それが場合によって大きく攪乱されるのがまた釧路ということになる。漂泊と放浪の攪乱である。

このことを示すかのように、作中には『シェルタリング・スカイ』が何度も引用されている。文庫本『極地の空』、ハードカバー単行本『極地の空』、DVD『シェルタリング・スカイ』まで三種類も登場するのである。異様な拘泥である。『二人暮らし』の第一話「こうろぎ」でも登場している。とくに『シェルタリング・スカイ』の以下のフレーズが、林原信輝と秋津伶子によって重複的に引用されている。

「観光客《ツーリスト》というものは、おおむね数週間ないし数カ月ののちには家へ戻るのに対して、旅行者《トラヴェラー》は、いずれの土地にも属しておらず、何年もの期間をかけて、地球上の一部分から他の部分へと、ゆっくり動いてゆく」（単行本）

「旅行者《トラヴェラー》は、いずれの土地にも属さず、何年もかけて、地球上のある場所から他の場所へとゆっくり移動する」（単行本）

ポール・ボウルズ『極地の空』の冒頭に近い部分からの引用であるが、この箇所は林原信輝と秋津伶子によって単行本と文庫本からそれぞれ二度も引用されている。しかも両方の版の微細な相違まで忠実に反映している。上記の引用文の前半は信輝による単行本からの引用であるが、伶子が感動する同一箇所後半は文庫本からの引用で、両者における微細な相違がそのまま忠実に引用されている。▼[3] 作者の拘泥がうかがえる。ということから、この観光客と旅行者の相違は作品のもっとも核心的な部分と言えるかもしれない。旅行者への称賛である。移動するものへの賛美である。作品ではそれが定住者と移住者の対照としてあらわれているのである。すでに定住した者はまた追われ、移住者が高台を新たに占めていく。その繰り返しになる。漂泊の反復で、定住への攪乱である。

作中にはすでに定住している釧路の人びとが持つ性質について、次のような辛辣な批判が見られる。

内地か、と音にせずつぶやく。ここは、札幌とも十勝とも、旭川とも違う。においも景色も、湿度も人も。塚本は「流れ者の街」と言ったが、確かにそうかもしれない。海から吹き寄せる湿った風に、みんな流されている。留まろうとしないのは、街が持つ気風のようなものだろう。

信輝が図書館民営化で受けた逆風も、いつしか凪に変わっていた。柔軟と思う反面、熱しやすく冷めやすい気質のようなものも感じる。漁業と炭鉱の街なのだと思う。冷涼で草木が思うように育たないのと同じく、時間をかけてなにかを育てるということに不向きな土地なのかもしれない。

江別出身の林原信輝の目に映る釧路の人びとの気質である。内地とは大きな違いがあり、さらにその極端なかたちが釧路という認識である。流れ者の街が釧路であるとすれば、在住者の秋津と秋津の母、澤井嘉史の崩壊も頷けるかもしれない。じじつ『家族じまい』の片野猛夫は理容師からラブホテル経営に乗り出して引退したあと、七十を過ぎて厳島神社近くの高台に不要なほど大きな家を買うが、それを阿寒在住の義理の姉登美子は「男の見栄なのか、それとも長年抱え込んでいた劣等感のかたち」であると冷ややかに眺めている。案の定、妻片野サトミの認知症で高台の家も手放さなくてはならない状況になる。家族はまもなく解体される。高台は劣等感と見栄の象徴でもあったのである。

さて、作中に頻繁に登場するシェルタリング・スカイの概念であるが、▼4 それは原作では昆虫が身のまわりに堅牢に作り出す「まゆ」や「庇護する空の精妙な織物」に喩えられ、女主人公キットは無限に広がるサハラ砂漠の中で、「いつそこに裂け目が生じ、端からめくれあがり、巨大な顎が姿をあらわすかもしれない」恐怖を繰り返し述べている。▼5 そして作品ではその予感を暗示するかのように夫のポートは病死する。要するに、シェルタリング・スカイは最終的に機能しなかったことになる。同様に、『無垢の領域』は霧に包まれる流れ者たちの街で、シェルタリング・スカイが祈願されながらも、最終的にはその裂け目が破られていくのである。『無垢の領域』や『家族じまい』は釧路に内在したこうした裂け目を描いたもののようにも思われる。

人間同様、街も栄枯盛衰を重ねていく。『家族じまい』第五章「登美子」において、八十二歳の登美子は阿寒町から釧路の高台に住む認知症の妹片野サトミを訪ねるが、老いた彼女の目に映る釧路の姿はその終焉の姿でもあろう。もちろん高台の終焉でもある。

先ほどの萌子の金切り声を思い出したところで、橋のたもとに着いた。まっすぐだった大通りを、大きな十字路のように川が横切っている。幣舞橋《ぬさまいばし》が川向こうの高台との交差点だった。湿原を蛇行しながら流れてきた川の水が大海を前にして動きを止めていた。

昔よりなんぼかきれいなこと――。

登美子が頻繁に街へ出かけて来ていた昭和の半ばは、このあたりも人で溢れかえっていた。日曜日ともなれば、近隣の炭鉱街からバスを連ねて女子共が集まり、百貨店巡りの最後には必ず食堂でプリンを食べていたものだった。

あの頃、真っ黒い川面には船から漏れ出た重油がそちらこちらに光る虹色を広げていた。木切れも煙草も網も浮きも、何もかもがこの川に漂い、いつの間にか見えなくなっていた。

趣味のように借金を重ね、投機や賭け事が好きな山師のような義弟の片野猛夫は、晩年に虚栄心と劣等感から高台に大きな家を構えるが、妻サトミの認知症による老人ホーム入居で、高台の家は終焉する。かつて夢見た高台の世界は時代と共にその輝きを失い、機能しなくなっていたのである。数々の欲望を包みながら流れていた往年の混濁した釧路川は見違えるほど綺麗になったが、釧路の街は老衰し、高台への欲望も終焉を迎えていたのである。

ということから、『家族じまい』はたんに一家の終焉ではなく、釧路の崖上の高台の終焉であり、それはなおのこと釧路の終焉を意味することになる。

注

▼1　崖に関連する記述は、『新釧路市史』(全四巻、釧路市、一九七四年)、佐藤尚『釧路歴史散歩(上)(下)』(釧路新書第九巻・第一一巻、一九八二 - 八三年)等を参照した。

▼2　崖上と崖下に関連する論考には平岡敏夫「『門』――野上臼川『崖下の家』・前田愛への反論」『夏目漱石――『猫』から『明暗』まで』(鳥影社、二〇一七年)に詳しい。本書はこれを参照した。なお、前田愛『都市空間のなかの文学』においても分析されている。

▼3　ポール・ボウルズ『シェルタリング・スカイ』(大久保康雄訳、新潮文庫、一九九一年)一二頁からの引用。

▼4　『シェルタリング・スカイ』は『ふたりぐらし』においても使われている。

▼5　注3に同じ。

第四節　湿原（冬）

釧路湿原は釧路平野に位置する日本最大の湿地帯である。釧路の風土を代表するのが釧路湿原で、総面積は開発によって減り続けているが、おおむね三万ヘクタール近くあり、川上郡標茶町と阿寒群鶴居村、釧路郡釧路町に属している。いずれの街も桜木紫乃の作品によく登場する場所である。そして湿原の中を大きく蛇行して流れているのが釧路川である。湿原には無数の小川が血脈のように流れ、大小多くの沼を作りながら合流と分岐を重ね、釧路川の支流と本流に流れ込み、釧路湾の太平洋に至る。葦《よし》と菅《すげ》で覆われた湿原は泥炭層の地盤の上に立ち、泥炭層の水溜まりが至る所に存在する。この泥状の底無しの沼を谷地眼《やちまなこ》と呼ぶ。穴に落ちたら二度と外に出られないと言われ、地元では恐れられている。湿原といえば谷地眼を思い浮かべるほど有名な場所であり、谷地坊主《やちぼうず》とともに桜木文学に頻出している。

釧路湿原の大部分を占めるのは葦と菅である。スゲ属が大きな塊となったものは谷地坊主と呼ばれ、谷地眼とともに釧路湿原の名物である。それに丹頂鶴の到来地である。湿原の沼地や細流は釣りの名所でもある。葦と菅に覆われた平野を支流の川が蛇行し、沼と谷地眼が点在し、谷地坊主が密生する風景はあたかもアフリカのサバンナ地域を想像させるとも言われる。釧路の特殊な風土と気候は釧路湿原によって作り出されたものである。

近年、釧路湿原は宅地開発によって埋め立てられ、洪水対策で支流の蛇行が直され、釧路運河の建設によって支流の塘路川の水流が直線的に変わるなど、その水路は時代によって大きく変わってきている。また湿原上流部に当たる茅沼地区においては直線化された釧路川を再蛇行化させる自然環境の復元を図る事業が行われるなど、開発と復元が繰り返されてきたと言える。桜木紫乃文学の主要背景になる釧路湿原はこうした歴史的な条件の上で成り立っている。[1]

(1) 希望と挫折、栄枯盛衰――「明日への手紙」『ホテルローヤル』

すでに述べたが、釧路湿原は桜木紫乃の習作期の作品から見られる素材である。父が経営するラブホテルで働いた高校三年次の生活を私小説風に書いた「明日への手紙」がそれである。作品の冒頭には桜木紫乃文学で頻繁に登場する釧路湿原の風景が淡々と描写されている。

七月も終わろうとしている。それまで毎日霧に湿っていた空気もようやく渇き始めていた。空は忘れかけた色を取り戻し、湿原に夏の風を吹き込んでいる。私の家、ホテルカリビアンは街はずれの崖の上に建っている。荒野のように横たわる湿原を挟んで、遠い対岸には湿原展望台があった。私が高校へ進学すると同時におとうちゃんが手を出したのが、このラブホテルの経営だった。なぜいきなりラブホテルなのか。ただ、受験勉強をする私の机のそばでくり返し「お前も手伝うんだぞ！」って言っていたことだけは覚えている。まさかその手伝いがホテルの掃除だとは夢にも思わなかった。

引用文で分かるように、後の『ホテルローヤル』の原型となる舞台背景がこの時期すでに完成している。「明日への手紙」は希望のないラブホテルの清掃業務から新たな希望を見出して裁判所へ就職し、釧路の市街地へ出ていく話が中心になっている。暴力団の組長の家で生まれ、家出を繰り返している小樽出身の小島涼子のアドバイスで、私（秋野喜久）は湿原を出て、将来的には「何かを書く人になりたい」という希望を友人への手紙にしたためる。私の家出の原点が釧路湿原になっているのである。釧路湿原を魅入って眺めている小島涼子に話しかける次の引用は、私の湿原への思いがよく表れている。

「夏の湿原って、綺麗だなって思って」

「いつも観ていると、そんな風に思わないんだけど」

「夏にこっちに来たの初めてなの。涼しくていいところね」

「霧ばかりでいいところとはとっても思えないけど。九月なら道内でもかなりいい気候らしいです」

「喜久ちゃんはここが好き？」

「考えたことないなぁ」

実際交通の便は悪いし、毎日観ていれば湿原だって飽きてくる。季節の移り変わりの境目で、夕日が綺麗なときなんかは立ち止まったりもするけど、それだって一年に数えるほどだ。

涼子さんは崖の向こうに広がるサバンナみたいな湿地を観ている。▼2

こうした単純な想念が『ホテルローヤル』では大きく膨らみ、ホテルローヤルをめぐるオムニバス小説の小宇宙として膨張していく。筋は多様化し、湿原には新たな意味が付与され、人間模様の栄枯盛衰を映す鏡となっていく。

『ホテルローヤル』は湿原の崖の上に建つ同名のラブホテルで展開されるさまざまな人間模様を描いた作品である。全七話でホテルローヤルの誕生から終焉までがあたかも人間の一生のように描かれ、同時にそこに縁を持つ人間群像を映し出すという、二重の物語構造である。それが時間順を逆にして、つまり現在から過去の順に構成されている。誕生から廃墟の方向ではなく、廃墟から誕生へ遡るといういかにも過去記憶をたどるかのような構造となっている。全七話は「シャッターチャンス」「本日開店」「えっち屋」「バブルバス」「せんせぇ」「星を見ていた」「ギフト」で構成されている。ここで全七話を簡潔に紹介する。

第一話「シャッターチャンス」はアイスホッケーの地元スター選手が怪我で挫折し、恋人を無理に誘い、廃墟ヌード写真で再起を図ろうとする。第二話「本日開店」はホテルローヤルを建てた田中大吉が「本日開店」と叫びながら死んでいく場面が寺の住職によって語られる。同時に寺の住職の年若い奥さんが檀家へのお布施の返しとして定期的に性的サービスを提供する異様な光景が描かれている。寺院の古い伝統と権威の失墜を示す衝撃的な場面である。釧路が、あるいは北海道が本土的な伝統と権威を否定する象徴的な例でもあろう。本土的な伝統への拒否は桜木紫乃文学に根強く表れていることを、ついでに指摘しておきたい。

第三話「えつち屋」は経営難でホテルローヤルを閉めるに際し、在庫整理のために訪れたエッチ道具のさえない納入者と経営者の娘雅代とがはじめて客の立場になり、エッチ道具を試してみる話である。第四話「バブルバス」は生活苦に追われた主婦が思い切り声を上げてセックスをするためにホテルローヤルのバブルバスを利用する話である。第五話「せんせぇ」は函館の教員が妻と校長の不倫に悩み、たまたま複雑な家庭問題を抱えている女子学生と連れ立ってホテルローヤルで自殺するまでの話である。第六話「星を見ていた」は開拓農業で失敗し、ホテルローヤルの従業員になっている六十歳の女性が、親孝行であると思っていた次男がじつは暴力団構成員で、殺人事件の容疑者となっていることをニュースで知り、帰り道でぼんやり星を眺める話である。第七話「ギフト」は田中大吉がラブホテルの経営に反対する妻と離縁し、二十歳も若い女性と再婚してホテルの経営事業に乗り出すまでの話である。ギフトとは妊娠した妻へプレゼントする高級蜜柑を指す。

『ホテルローヤル』にはそれぞれ個性と境遇の違う人間たちが登場するが、それらの全体において緩やかに共通するのが釧路湿原である。湿原への風景が登場人物の心象風景を代弁するものとして機能している。全七話は時間的には逆順になっているが、それを時間順に戻すと最初は湿原で始まり、最後は湿原で終わる構造になる。時間順でもっとも古い第七話の冒頭は次のように始まる。

八月の湿原は、緑色の絨毯に蛇が這っているようだ。

川が黒々とした身をうねらせていた。隙間なく生い茂った葦の穂先は太陽の光を受けて光っている。湿原から蒸発する水分で、遠く阿寒の山々が霞《かす》んでいた。視界百八十度、すべて湿原だった。この景色のいたるところに、うっかり足を滑らせたら最後、命までのみ込まれる穴がある。

田中大吉は切り立った高台のすれすれで立ち止まった。こんな素晴らしい景色のどこに人をのみ込む穴があるのか、疑いたい気分だ。


ホテルローヤルの敷地予定地に立つ田中大吉の風景への心情である。穴とは谷地眼であろう。開けた湿原に落ちたら二度と上がれない落とし穴としての谷地眼の存在がさり気なく提示され、物語の方向性を決めているように思われる。じじつ多くの落とし穴が存在し、ホテルローヤルと関わる多くの登場人物たちがそれに落とされる。ほとんどの登場人物たちがこの穴に落とされているると言ってよい。ホテルローヤルが谷地眼となっているのである。つまりホテルローヤルが谷地眼の象徴として機能するのである。『ホテルローヤル』の時間順で最後になる「シャッターチャンス」は次のように閉じられている。


車窓を流れてゆく白茶けた葦原が、蛇行する川に二分されている。

「どうした、寒いのか？」

ひとことでも口を開けばもう、なにもかもがちぐはぐになってゆく気がして美幸は首を横に振る。
「早く着替えて、ラーメン食いに行こうよ」
男の声が川の向こう岸からささやくように響いてくる——。

廃墟でヌード写真の撮影をした帰り道での場面である。二人の関係性は「蛇行する川に二分されるかのように、あるいは「男の声が川の向こう岸」から響いてくるかのように、齟齬をきたすことになるのが予想される。おそらくそれぞれを生きることになるであろう。二人の距離はあたかも川の分岐のように開き、それぞれ別の蛇行をたどるであろう。ホテルローヤルでの経験がこうした結果を招来したとも言える。

これまで見てきたように、『ホテルローヤル』を時間順に戻すと、湿原と谷地眼で始まり、湿原の蛇行する川の分岐で終わっている。釧路湿原が物語全体を入れ子のように覆いかぶさっている構造である。湿原と谷地眼の存在、分岐する川は、桜木が描く多くの登場人物の人生に投影されている重要なモチーフでもある。

(2) 傷痕、過去記憶——『硝子の葦』

『硝子の葦』は一句の短歌が中心軸になっている。釧路の「サビタ短歌会」の会員である幸田節子の短歌集『硝子の葦』が標題になっている一首である。

『湿原に凛と硝子の葦立ちて洞《うつろ》さらさら砂流れたり』

幸田節子の歌集『硝子の葦』は三百部の自費出版。釧路湿原でホテルローヤルを経営する六十歳の夫幸田喜一郎から百万円を出してもらい出版したものである。幸田節子は厚岸出身の三十歳、二人の年齢差は三十もあり、幸田喜一郎は三度目の結婚であった。文学好きな若い女房のため、またラブホテルの雑務に追われている妻節子への慰労を兼ね、出されたものであった。二人に子供はいない。前妻の継子の一人娘である梢は家出している。

二人の夫婦が経営するホテルローヤルは釧路湿原の崖の上に建っている。習作期の「明日への手紙」のホテルカリビアン、後の直木賞受賞作『ホテルローヤル』のホテルローヤルと同じ位置にある同じ名前のラブホテルである。


釧路湿原を見下ろす高台に建つ『ホテルローヤル』は、築二十年で客室数十二の老舗ラブホテルだった。喜一郎が四十の年にそれまで経営していた看板会社をたたみ、ゼロから始めた商売である。景色がいいのと国道から奥まった場所に建っていることで、数年単位で通い続ける常連に支えられている。

白い外壁や紺色の屋根は、どんな季節でも湿原に映えた。外から見れば頑丈そうに見えるものの、客室は五年ごとに改築や改装を繰り返しているという。

幸田節子は幸田喜一郎と高校一年の時から交渉があり、五年ほど前に結婚して湿原のラブホテルで日々を送っている。標題句はこうした生活と密接に関連する。標題句が「湿原」で始まり、「葦」や「砂」という言葉が続くのはこうした二人の生活を反映するものであろう。また「洞」という言葉からは草原に密生する谷地眼が抽象的に連想される。しかし草原に密生する葦はガラスでできている。ガラスでできているので風に靡くこともできず、おのずと「凛」として立つことになるであろう。「凛」として立つ姿は桜木紫乃が描く多くの女性像に一致するが、透明なガラスの中は空洞であることが問題になる。日々の日常が澱のように溜まり、砂のように湿原の川に流されている感覚であろう。幸田節子の心情をよく表した一句と言えよう。作品は一句をなぞるかのように進む。話は非常に複雑に展開しているが、ここでは筋の中心をたどりながら紹介する。

厚岸町の「すずらん銀座」通りにある閉店したスナック「バビアナ」から夜中に突然出火事件が起こる。そこから釧路在住の幸田節子の焼死体が発見される。それを現場近くのスナックに居合わせた厚岸署の都筑刑事が目撃する。スナック「バビアナ」は幸田節子の母藤島律子が経営していたもので、ホテルローヤルの顧問税理士である澤木昌弘とともに実家を訪ねていた幸田節子が火災に巻き込まれて焼死する。その真相を都筑刑事が追うのが基本構造である。焼死した幸田節子が残した遺作が「硝子の葦」である。次に示すのは幸田節子を中心に語られる過去である。

　焼死体で発見された幸田節子はローヤルホテルの経営者である幸田喜一郎の三番目の妻である。普段は湿原のラブホテルで暮らしているが、ラブホテルの顧問弁護士兼税理士澤木昌弘とは長い間不倫関係を続けていた。そんななか、幸田喜一郎が厚岸の海岸沿いの急カーブで自殺とも思われる交通事故を起こして意識不明の重体となる。母である藤島律子と逢引の帰り道と思われる。これに先立って、節子は「サビタ短歌会」で佐野倫子と娘まゆみに出会うが、幸せを装う倫子と継子のまゆみはじつは佐野渉にひどく虐待されていたことが分かる。子供の頃、母律子からひどい虐待を受けていた節子はこれに同情する。母の愛人が訪ねてくるたびに節子は厚岸の海岸に追い出され、砂浜で一人遊んでいたり、中学生の時には売春を強要されたりしていたのである。自己の境遇と佐野母娘への同情心から、幸田節子は佐野倫子と共謀して佐野渉を殺害する。まもなく厚岸のスナック「バビアナ」に火災が起こり幸田節子は焼死したことになる。これに都筑刑事は厚岸で焼死したのは節子ではなく行方不明の藤島律子ではないかと疑問を持ち、一人でしつこく調査に乗り出す。都筑刑事の調査に澤木も節子が生きているのではないかと思い、帯広の佐野倫子を訪ねていく。佐野が経営するパン屋で、澤木は節子らしき従業員に出会い、危険を知らせるが、この時に都筑刑事らしき人物が吹雪の中から現れる。

ストーリーは多岐に渡り、結論もやや不明だが、ここまでがおおむねの筋である。推理小説としては死体のすり替え、自殺の偽装トリックが使われている。しかし推理の機能は弱く、トリックも粗いもので、推理小説として成功した作品とは思えない。題名などは松本清張の影響も色濃くみられる。松本清張の『砂の器』や『ゼロの焦点』が複合的に踏まえられ、実直で組織を無視して行動する刑事は松本清張の作品の刑事と性格を同じくする。事件でもっとも重要と思われる幸田喜一郎の交通事故の真相と理由は最後まで明らかにされていない。幸田節子の殺人動機がやや弱い。

桜木紫乃はいくつかの長編推理小説を書いているが、そのトリックは前述した『氷の轍』同様、それ自体が推理をめざしたというより、釧路の風物詩と人間模様に重きを置いている。『硝子の葦』では釧路湿原と幸田喜一郎という個性的な人物、厚岸町という寂れた環境で生まれた幸田節子の流転と情熱とひた向きさ、釧路の地方文壇や文学同人会の模様、釧路駅裏の衰退した姿、そして結論として釧路湿原の砂のように泥炭層を流れていく人間模様が主に描かれている。傷痕やその記憶によってガラスの破片のように鋭い自我を持つ人間が多く登場する。登場人物のほとんどがそうであるが、幸田節子がそのもっとも典型的な人物であろう。鋭利化した過去が現在を作り上げ、そうした現在はさらなる鋭利な未来を生み出す。その過酷な連鎖の宿命を登場人物たちは生きているのである。それが生きることの宿命であるとも提示されている。

さて、幸田節子の母親殺しは、母が夫の恋人になっている現在に対する復讐だけではなく、母親の浮気のために厚岸海岸に追い出され、砂浜を歩きまわされ、母に売春を強要された過去記憶への復讐でもあろう。それが佐野渉殺人へ協力する動機にもなっていく。過去記憶によって現在が砂粒となって崩れ落ち、砂粒のように流される。硝子の葦とは、風化されず、流されずに傷痕として残った記憶の残骸とも言える。その空洞はあたかも谷地眼のようでもある。つまり過去が谷地眼を作り出しているのである。桜木紫乃文学を特徴づける「砂感覚」がこれである。あるいは「ガラス感覚」と言ってもよいかもしれない。作中には繰り返し登場し、砂が作品の基底をなしている。たとえば、幸田節子は夫が交通事故を起こす当日の朝に体の中を流れる砂の音を聞く。

砂の音が聞こえた。体の内側から外に向かって、体を切り崩しては砂が流れ出している。砂時計のくびれが永遠に続いているような音だった。

砂感覚は日常だけではなく、幸田節子の夢にも浸透している。

翌朝節子は、目覚める直前まで砂の中にいる夢をみていた。自分がなぜそんなところにいるのか分からないまま、必死で地上に這い上がろうとしている。乾いた赤い砂だった。いくら両腕を使って掻いても、水のように体を上へ押し上げてはくれない。呼吸の苦しさが焦りを呼び、焦りが余計に生きていることを実感させた。

幸田節子は自己を「立ち枯れた長い葦の管を流れてゆく砂粒」のように思い、「果てのない硝子の管を流れる砂の音」に苛まれ、ついには自分も砂の一粒になって「浮上を諦めつま先から落ちてゆく」と決めるまでになっていく。その砂は母の浮気のために厚岸の砂浜で遊んだ過去記憶と重なっていく。傷痕の再生である。幸田節子が感じるこうした体内の「砂の音」が母を殺害し、佐野渉を殺害した真の動機とも思われる。またその砂が輝きだすと硝子化する。夫幸田喜一郎が交通事故で取りきれないほどの硝子の破片を身に持つことになったのも同様のものとして解釈できる。つまり幸田喜一郎の体内にある膨大なガラスの破片は幸田節子の砂の音と同質のものなのである。精神医学的に言うと自我の漏れ出し現象である。深層意識の扉が開き、自我の本体が漏れていることになる。喜一郎の事故とも自殺ともつかない交通事故はこの砂感覚、ガラス感覚が最終的に導いた結果とも言える。そこには道東の風土性の持つ刹那的な生命の希薄さも感じられる。

さて、自我の核としての砂と硝子であるが、それは消滅と昇華の方向性を持つ。たとえば、ガラスは幸田喜一郎の体からは取り切れないほどの破片として残るが、『星々たち』で交通事故に遭った塚本千春の体からは何年も経って輝く丸い硝子玉として体から出てくる。丸い硝子玉は星の形をしている。ガラスのような鋭利な傷痕が歳月を経て丸くて輝く星となる。傷痕の昇華である。これが桜木紫乃文学の「砂感覚」であり、「星感覚」である。ここに自己の長い文学習作期の文学的原型が投影されているようにも思われる。

ここで星に関連して付随的に指摘しておきたいのは、幸田喜一郎の交通事故のことである。オペラ好きの幸田喜一郎は大音量で音楽を聴くのが好きで、パヴァロッティのCDを持ち出してホテルローヤルを出ている。そして国道一四二号線の北太平洋シーサイドライン昆布森辺りで謎の事故を起こしている。急カーブが連続する下り坂の最後のカーブで、コンクリートの土留めに正面から衝突している。ブレーキ痕はなかった。作品では大きな謎である喜一郎の事故の動機などが一切書かれていない。自殺なのか他殺なのかも明瞭ではない。おそらく厚岸で藤島律子と逢引をし、帰り道での事故と推測されているが、それがいかにも突飛である。喜一郎の事故が節子の母殺しの動機になっていくが、なぜこのような死に方になっているのだろうか。なぜこの場所が選ばれたのかやや疑問にもなる。

あくまでも推測だが、著者はこの場所が選ばれたのは原田康子の長編小説『星の岬』の影響があったからではないかと思っている。『星の岬』は日本人教師湧谷裕子とアイヌ人青年千成豊のもつれる恋愛と葛藤を描いたものであるが、アイヌ人青年がバイクで崖の上から海へ落下し、消えていく「星の岬」（アイヌ語でノチェ・エンルム）という場所のイメージが重ねられているのではないかと推測される。「星の岬」はアイヌ人の聖なる目印の岬で、魂が向かう場所である。北海道の象徴としてアイヌ人青年が登場し、アイヌの象徴となる場所が急カーブの続く星の岬なのである。アイヌ人青年は大音量で音楽を流し、追いかけて制止を求める日本人女性を振り切り、あたかも空を飛翔するように崖から消えていく。『星の岬』ではそれが事故死なのか自殺なのかが終始問われる。裕子は自分が殺したのではないかという罪悪感から逃れられず、自己破壊的な行為を繰り返す。アイヌ人青年の死が北海道の終焉のように語られてもいる。

要するに、著者は、幸田喜一郎の交通事故死が『星の岬』のアイヌ人青年の死に重ねられていると推測している。ホテルローヤルの店主の男は放浪を重ね、投機的な賭博性が強く、貪欲な欲望の持ち主ではあるが、一方では義理堅い。総じて言えばいい加減な男だが、巨大なエネルギーの集合体でもある。桜木文学では『星々たち』の塚本千春とともにもっとも魅力的な人物である。おそらく桜木紫乃の父親をモデルにしていると思われるが、彼の死に場所が原田康子『星の岬』のアイヌ人青年とほぼ類似した場所で、ほぼ似通った交通事故で死ぬことに妙な共通点を覚える。二人の死が生き残った者に及ぼす影響もやや共通している。

ここでやや飛躍するが、ホテルローヤルの店主である幸田喜一郎は北海道なるもの、あるいは釧路なるものを象徴するような、もしくは原型的な存在ではないかということである。釧路湿原にホテルローヤルという幻想と夢の場を作り上げたことから、湿原の主のような存在だったと言えるだろう。節子のすべての不条理を包み込む大地のような存在が幸田喜一郎であり、節子が母親と佐野渉を殺害したのはこうした原型を失ったからではないだろうか。それ以外には動機が見当たらないような気がする。

さて、『硝子の葦』についていくつかの問題点を指摘した。繰り返しになるが、桜木紫乃の推理小説はたんに推理小説として評価されるべきではない。推理はあくまでも表層である。飾りである。あるいは湿原の葦原のようなものかもしれない。葦原の砂地を水が流れるように、桜木紫乃の推理には北海と釧路の風土と人間模様が複雑に入り乱れ、場合によっては谷地眼を作りながら、流されている人間曼荼羅のような姿が存在する。

（3）谷地眼、深層心理——『凍原』

釧路湿原や谷地眼の象徴性が具体的な事件の場所として登場するのは『凍原』である。[3] 事件は少年の行方不明の事件から始まる。

その日、少年は家に戻らなかった。

風のない日だった。

『小学校四年、水谷貢《みずたにみつぐ》、男児、失踪《しっそう》時は青いTシャツとジーンズ姿、黒の運動靴を着用』

水谷宅では午後六時には家に帰るという決まりがあったが、貢少年は七時を過ぎても戻らなかった。普段一緒に遊んでいる友人たちはみな帰宅しており、誰も当日貢少年と行動を共にはしていなかった。両親は七時半に捜索願を出した。

釧路市内の全小学校が一学期の終業式を迎えた日だった。市内各所、立ち寄りそうな場所は夜のうちに浚《さら》ったが、一夜明けても少年は家に戻らなかった。

少年は姉の比呂にキタサンショウウオを取りに行くと言っていた。捜索で少年の自転車が湿原の近くで見つかるが、少年は一向に見つからない。湿原には谷地眼と呼ばれる水たまりの穴が点在していることから、少年がその穴に落ちたのではないかと推測され、捜索は未解決として打ち切りとなる。それから十七年の年月が過ぎ、失踪事件をきっかけに姉比呂は釧路署の刑事として赴任する。

着任早々の研修で、湿地専門家は谷地眼について次のように説明する。

「湿原って、原っぱみたいに見えますけどあの葦の下はずぶずぶの泥炭地で、その下は水なんですね。冷たい水が常に地中を流れていて、生き物が腐って土に還《かえ》るためのバクテリアも充分に発生しません。ですから植物は枯れると泥と一緒に積み重なってしまうんです。ご存じの方も多いと思いますが、泥炭が途切れたり穴が空いたりした水たまりのことを、谷地眼と呼んでいます。川の名残りがそのまま水をたたえた窪《くぼ》みになったものもありますし、生成過程によっても違いますが、わき水が泥炭を削って出来たものの場合、水温は夏も冬も六度から七度で、大変冷たいです。深さは数十センチから四、五メートルと一定ではありませんが、水脈はどこかですべて繋がっていると考えていいと思います。この地域一帯が、浮島のようになっていると考えれば分かりやすいかもしれません」

専門家の説明に、比呂は「二十万人という人間の住む街全体が水に浮いている」というような「巨大な浮島」を連想するが、こうした認識は谷地眼の存在とともに『凍原』の核心的なテーマになっている。人間が浮草のように浮遊し、釧路の街自体が浮島のように有為変転を繰り返しているという認識である。根を持たない人間と街が想定され、その個々の登場人物の運命と重なり、絡み合い、さまざまな変化をもたらすことになる。概要を時間順に整理して紹介する。

小学四年の水谷貢少年がキタサンショウウオを取りに行くと言って行方不明になる。警察が捜索に乗り出すが、自転車が湿原の近くで発見されたこともあり、谷地眼に落ちたのではないかと推測され、捜索は打ち切りになる。しかし事件を独自に追っていた刑事の片桐周平は貢少年が同期生の杉村純少年と一緒に湿原に入り、誤って谷地眼に落ちたことを突き止める。片桐刑事は目撃者である杉村純少年の将来と心の傷を考え、また母波子の献身的な訴えにほだされ、このことを内密にして杉村の将来を見守る。それから十七年後、貢の姉比呂が釧路署の刑事として赴任する。

ちょうど同じ頃、釧路湿原で瞳の色が青い男性の他殺体が見つかる。被害者は鈴木洋介、自動車の営業マンであった。鈴木は青い目の色を隠すためにつねにカラーコンタクトを着けていた。目の色で多くの差別を受けてきた鈴木は自己の来歴を必死に探していた。そこで鈴木一家の複雑な来歴が明らかになる。じつは鈴木の祖母の長部キクは樺太からの引き揚げ者で、ソ連軍に暴行されて娘鈴木ゆりが生まれ、ゆりの子である鈴木洋介に隔世遺伝として青い目が現れたのである。また鈴木洋介は祖母の長部キクの戸籍が十河キク、さらに十河喜久子に変えられ、釧路湿原で染色工房を経営し、釧路の名士になっていることを突き止める。十河喜久子は封印した過去がばれることを恐れていたが、十河喜久子に恩義のある杉村純が鈴木洋介を絞殺し、釧路湿原に捨てたことが最終的に明らかになる。事件を解決した片桐は貢少年失踪の経緯を比呂に明かし、比呂は十七年後になってようやく家族の墓石に水谷貢の名前を入れる。

ここまで概要を述べたが、じつは『凍原』はより複雑な構成となって、十七年前の失踪事件と現在の殺人事件、サハリンからの引き揚げ時の悲惨さと長部キクの数奇な運命、娘ゆり一家の辛酸などが多く述べられており、推理小説というよりサハリン引き揚げの歴史小説という雰囲気さえある。桜木紫乃の推理小説が大概そうであるように、推理性は弱く、松本清張の影響が強く前面に出ている。過去の自己を抹消し、身をすり替えて新たな人生を生きる者が、過去を探索する人間を殺害するパターンである。基本的には『ゼロの焦点』が踏襲されている。しかし、すでに指摘しているが、この作品も推理が主眼ではない。北海道と釧路の風土と精神性が主眼となっている。推理と引き揚げの歴史記述はあくまでも付随的なもので、もっとも強調されているのは釧路湿原であろう。湿原の谷地眼である。あるいは釧路湿原と谷地眼がもつ釧路の精神性であると言える。これが随所で巧みに利用されている。

たとえば、鈴木洋介の目の瞳が青いというのは表面的にはソ連兵の血筋が現れているが、谷地眼の青さとも通じている。鈴木の青い目は湿原の谷地眼の目（眼、瞳）そのままである。さらに目は自我の発露であり、深層意識の宿る場所という解釈も可能である。谷地眼に落ちるというのは自己が潜在意識の中に没入する行為、あるいは精神病理学で言うと、超自我が外側に漏れ出す現象を指しているように思われる。潜在意識や超自我は記憶の核心部分である。触ってはいけない箇所で、漏れ出すことが病を起こすことにもなる。となると鈴木洋介の存在自体が谷地眼で、鈴木に関わることは谷地眼に落ちることにもなる。鈴木のルーツ探しが多くの不幸をもたらすのはこうした所以かもしれない。

すでに述べたが、谷地眼は川の流れと連動しない。川につながってはいるがあくまでも水たまりである。流れない記憶、風化できない記憶、湮滅できない記憶、深層心理の記憶が谷地眼である。それを別の言葉で言うと、触れてはいけない傷痕あるいはトラウマであろう。記憶されてはいけない封印された記憶なのである。十河喜久子が身分をすり替え、生き延びたのはこうした記憶の谷地眼に触れようとしなかったからであろう。あるいは同様に、過去記憶を探ろうとする鈴木洋介を警戒し、殺害に至らしめたのもこうした深層心理の深い傷痕が起こしたものと思われる。つまり、鈴木洋介の血筋への好奇心こそ谷地眼に落ちる行為だったのである。これを翻して言えば、北海道と釧路は血筋の街ではないことをおのずと反映する。鈴木の血筋への好奇心は北海道や釧路のアイデンティティーあるいは深層心理に反する行為であったことにもなる。鈴木洋介の行為が作品ではこう描かれている。

鈴木洋介が捜していたのは、長部キクのかたちをした自分のルーツだった。しかし手繰った先にあったのは長部キク、あるいは十河喜久子の青々と繁った過去だった。洋介にとっては地中にある根も、彼女たちにとっては忘れがたいほど鮮烈な色で咲く花だ。
記憶は死なない。たとえ彼女たちが死んでも、ひとたび体から漏れ出た記憶は言葉となって必ず人の胸底に残ってしまう。朝、片桐が工房前で車を降りる際に言ったひと言にきつく胸を絞めつけられていた。

「記憶は死なない」とは意味深長である。同様に、谷地眼の水たまりは低温でバクテリアが不十分のため腐らないとされている。したがって貢は谷地眼の中で居続けるとイメージされる。実際に家族は貢への記憶から逃れられない。家庭は崩壊し、比呂は刑事にもなっている。谷地眼に落ちた貢が腐らないように、母の凛子や比呂の記憶は腐らない。日本の終戦記憶が、作品で具体的に言えば、樺太引き揚げ記憶がまさにそうであるかもしれない。引き揚げの悲惨な記憶が不必要なほど、ほとんど作品構成のバランスを破壊するかのように長く述べられているのはこうした所以だからかもしれない。傷痕が風化されないのである。

鈴木洋介の過去記憶をめぐる殺人事件が解決し、一家は貢の墓碑銘を刻むが、その行為は一家がようやく谷地眼の呪縛から脱したことを意味する。死を受け入れたことによって貢一家の傷痕は癒される。しかしこの谷地眼と記憶の比喩性は貢一家だけに限るのではない。巨大な浮島に比喩される釧路にも当てはまる。主人公たちが流転する北海道にも当てはまるであろう。要するに、釧路自体が谷地眼なのである。釧路湿原には無数の谷地眼が実在し、釧路川の河口は水流が停滞し、街は繭のように霧に包まれ、放浪と漂泊の吹き溜まりの北の果てが谷地眼にもなるのである。

さて、深層意識、超自我、傷痕、記憶などの比喩が谷地眼であるとすれば、その逆の自我、忘却、風化、癒しの比喩となるものは何であろうか。十河喜久子は釧路湿原の清い支流を利用して染色工房を開いている。染物に長けている。これはたんに身分を偽装したり、変装したりする隠喩だけではない。絹を水に流している行為を重ねているのである。風化である。十河喜久子は過去記憶を釧路川に流していたのである。十河喜久子が波乱万丈を生き残れたのはこうした染色行為のような記憶の「色流し」行為によるものと言える。作中でも過去記憶に拘泥する登場人物たちが一概に破滅し、それを封印したり洗い流したりする人間たちが最終的に救われているのはこうした隠喩の反映であろう。

このように、『凍原』はただの推理小説ではない。清張流の動機や謎やトリックを探るのは無駄な作業であろう。推理を借りた人間の記憶と深層を書いたもので、むしろ釧路や北海道の原型を探ったものであると言ってよいであろう。みずから釧路を内在化したものでないと書けるようなものではない。ちなみに題名の『凍原』は同じく釧路の彫刻家である米坂ヒデノリの代表作「凍原」を意識したのかもしれない。釧路美術館前に立つ「凍原」は女性が苦悩から天を仰いでもがいている姿である。桜木紫乃『凍原』における女性たちの心象風景と重なるところがあるように思われる。そして両者に共通する女性の苦悩は過去記憶なのかもしれない。

（4）有為転変、人生行路──『蛇行する月』

桜木紫乃の世界を凝縮すれば最終的には『蛇行する月』の終結部分に到達するであろう。桜木文学はすべてここへ向かっているると言ってよい。


夜の底に輝いている色とりどりの電飾がぼやけた。

視界に、図書室の窓から眺めていた夏の湿原が広がってゆく。どこまでも緑だ。

湿原を一本の黒い川が蛇行している。うねりながら岸辺の景色を海へと運んでいる。曲がりながら、ひたむきに河口へ向かう。

みんな、海へと向かう。

川は、明日へと向かって流れている。


『蛇行する月』の最終話「2009 直子」の結末部分である。道立湿原高校図書部の同期生である須賀順子の健康を心配し、釧路から東京を訪ねた看護師の角田直子が、東京ドームホテル二十階で明滅する東京の夜景を眺めている場面である。四十三、四と思われる須賀順子の余命は少ない。息子である輝のための角膜移植が楽しみであると言う。それは自己の死を受け入れることになる。

釧路の湿原高校から描かれる須賀順子の人生は波乱万丈で、高校卒業後、札幌の和菓子屋に就職し、二十歳年上の婿若旦那の子供を妊娠して二人で出奔し、長崎、大阪、名古屋を転々としたあと、東京の隅で命を終えようとする。彼女の人生が湿原を流れる釧路川に喩えられ、その命の終焉が河口への到達として喩えられている。もちろんこれは須賀順子だけの話ではない。湿原高校図書部五人での人生行路であり、釧路の人びとの有為転変であり、究極的には人間の普遍的な宿命でもある。

河口は川の旅の終焉であり、河口で人生は終わる。湿原の谷地眼のように自我が生まれ、個々は湿原の中をそれぞれの水流を作り、蛇行を繰り返しながら、釧路川に合流して停滞したすえ、やがて河口に至る。河口は死である。人間の最終的な未来でもある。あるいは人生の最終目標と言い換えてもよいかもしれない。波乱に満ちた須賀順子の人生行路を通して大きな人間存在の普遍性が提示されているのである。その象徴が湿原を蛇行して河口に到達する釧路川である。河口にはなにかの象徴のように、幣舞橋が架かっている。幣舞橋とは変わった名前である。幣帛が風に舞うという名の橋の向こうは海である。幣舞橋を越えて海に至るとはきわめて象徴的である。生死の境界線を暗示しているように思われる。きわめて普遍的である。

『蛇行する月』は全六話で構成されたもので、道立湿原高校図書部の五人の人生をおおむね二十五年にかけて追跡したものである。それぞれ五人の蛇行する人生風景が提示され、彼女らの人生に否応なく絡み合わされる周辺人物の人生風景が同時に描き込まれている。その中心に存在するのが須賀順子である。そして五人の谷地眼のような自我の原点が釧路の湿原高校である。

「道立湿原高校」は湿原の端っこを埋め立てた、水の上にぽっかりと浮いたような場所にあった。運動部も文化部も、意欲と方向が定まりきらない、学校全体が浮き草のようにふわふわとしていた三年間。一期生がヤマハのポプコンに出場し、つま恋で歌った「ハイスクール」が校歌代わりだった。音楽と自習の時間は教師そっちのけで、ギターの弾き語りか新曲披露。昼休みも必ず誰かが廊下で歌い、ギターを弾いていた。

ここで全六話の内容を簡潔に紹介する。湿原高校四期生の図書部部員は戸田清美、須賀順子、角田直子、藤原桃子、小沢美菜恵の五人である。

第一話「1984 清美」は湿原高校を卒業し、割烹ホテルに就職した戸田清美が職場の劣悪な条件と酷いハラスメントでホテルを辞職し、一流企業である北海中央電力株式会社に就職するまでの話である。元部員は十九歳になっている。清美の回想で全編を通しての物語の主人公である須賀順子の高三での重要な逸話が紹介される。須賀順子は国語教師谷川に思いを伝えるために故意に雨にずぶぬれになって谷川の宿舎を訪れるが、谷川に厳しく断られ、一大騒動となる。それを唆したのは清美であったが、須賀順子はこの事件の影響で大きく躓く。就活もうまくいかず札幌の和菓子屋へ住み込みで働くことになる。他方、清美は北海中央電力株式会社に再就職したことで、人生が一変する。のちに職場結婚し、安定的な生活を獲得する。

ちなみに、この第一話の後半は以前の習作「明日への手紙」とほぼ重なっている。釧路地方裁判所が北海中央電力株式会社に替えられているだけに過ぎない。桜木紫乃の実体験とも重なることからやや私小説的な性質がある。自己をモデルにしたと言える。

もう一つ、舞台背景である湿原高校のことであるが、これは釧路商業高等学校がモデルになった可能性がある。釧路商業高等学校が釧路湿原の真ん中に移転したのは一九七八年である。[4] 一九八四年に四期生を輩出しているという作中の湿原高等学校とその環境と歴史がほぼ重なっている。

第二話の「1990 桃子」は釧路と東京を結ぶフェリーの乗組員として就職した藤原桃子が須賀順子を訪ねる話が中心になっている。部員は二十五歳になっている。藤原桃子は須賀順子のがむしゃらな生き方に共鳴する。同話におけるフェリー女性乗組員という素材は習作期の「海に還る日」（『釧路春秋』第四六号）や後の『家族じまい』の第四章「紀和」に類似する設定である。

第三話「1993 弥生」は須賀順子が働いた札幌の老舗和菓子屋の娘である五十歳の福吉弥生を中心にした話である。入り婿の恭一郎と店員の須賀順子が店を逃げだした経緯が語られている。

第四話の「2000 美菜恵」は小沢美菜恵が中心となる話である。小沢美菜恵は国語教師谷川に密かな思いを抱き、湿原高校を卒業後、猛勉強して大学に進学し、教員として谷川と再会し、結婚する。図書部員の三十五歳時の近況が述べられる。第五話の「2005静江」は須賀順子の母須賀静江の生活と娘須賀順子への思いを中心にした話である。自分と同じく人生を「転がり続ける」娘順子への思いと先行きの不透明な老年の思いが述べられている。部員はおおむね四十歳になっている。

最後の第六話の「2009直子」は釧路で看護師として働いている独身の角田直子を中心とした話である。図書部員は四十三歳になっている。南国への憧れから沖縄を定期的に訪問する生活のなか、須賀順子の体調が心配になり、角田直子は東京を訪れる。死にゆく須賀順子の最期を見届ける役となる。

概要の紹介で分かるように、湿原高校図書部の五人の輝く思い出の高校生活のひと時は終わり、卒業後、それぞれは紆余曲折を重ねていく。一瞬の喜びに長い不幸が続く。あるいはようやく安定を得ている者もいる。苦労のすえ、早死にする者もいる。なかなか幸福とは言えないかもしれない。しかしけなげに生きている。湿原高校の過去記憶が現在を勇気づけている。湿原で育った記憶を抱きながらそれぞれは釧路川の河口へ向けて流れゆくのである。

桜木紫乃の描く釧路と北海道の人間は、『蛇行する月』に出てくる湿原高校図書部員の大概がそうであるように、幸せに生きているとは言えない。どちらかというと誠実だが、生き方が沈鬱な印象がある。明るく朗らかな人生を幸せに生きている人物は少ない。あるとすれば、燃え上がる一瞬の喜びと歓喜である。儚いほどの一瞬の輝きを発しながら明滅する。あたかも星々のようである。あるいは花火のようでもある。著者はそれを桜木紫乃の「星感覚」と命名している。たとえば、第四話「2000美菜恵」の最終場面はじつに感動的である。

小沢美菜恵は国語教師谷川への思いから大学進学が難しいとされる湿原高校から血のにじむような努力を重ね、大学を卒業して国語教師として釧路の高校に赴任する。そこで谷川と再会し、結婚に至る。長い努力でようやく夢は実現する。

結婚式を前にして二人は釧路川の土手で行われる花火の見物に行く。幣舞橋の上は人であふれている。二人も橋を渡る。そして二人が釧路河畔に並んで空に上がる花火を眺める場面で作品は終わる。花火大会も終わる。次の引用はその結末の部分である。

スターマインが連続で水面に扇を広げ、十号玉が数発続いて、花火大会は終わった。空砲が乾いた音で終わりを告げた途端、人の波が動き始めた。美菜恵も谷川も、押しだされるように再び橋の上へと階段を上る。繁華街へ向かう足、橋を渡る人の群れから逸れて、港の近くの駐車場へと歩く。手は繋がれたままだ。

先生、と問う。「なんですか」と返ってくる。

「わたし、マリッジブルーなんですよ」

谷川が数秒黙り、電信柱から電信柱までのちょうど中間、灯りが薄くなったところでぽつりと言った。

「来年も、来ましょうか。花火大会」

――この道はいつか来た道

通りすぎる車の音に紛れて、美菜恵は「ああ　そうだよ」とつぶやいた。繋いだ手に、祈ったぶんの力が返ってくる。

ああ　そうだよ

あかしやの花が咲いてる――ふたりぶん広がる夜空に。

桜木紫乃の文学世界でもっとも美しく幸せな場面である。希求の想念がようやく現実と重なるデジャブ感であろうか。またそれを重ねていきたいという未来への新たなデジャブ感への期待でもあろうか。小沢美菜恵にとってもっとも幸せな一瞬である。しかしその先の流れがどのように蛇行するかは分からない。

繰り返しになるが、『蛇行する月』は釧路湿原と湿原を蛇行する川から有為変転する人生行路を描いたものである。釧路湿原と釧路川の風土性から人間の普遍性を導き出している秀作と言えよう。桜木文学の最終到達点を示す傑作の一つと言える。人生において花火のように輝く一瞬は、人間一般にとって、あるいは釧路を生きる人びとへの最大の讃歌にもなるであろう。

▼注

▼1 釧路湿原に関する記述は『新釧路市史』(全四巻、釧路市、一九七四年)、杉沢拓男『釧路湿原』(北海道新聞社、二〇〇〇年)、『新版・釧路湿原』(釧路市地域史料室編釧路新書第二九巻、二〇〇八年)、ウィキペディアの記述などを参照した。

▼2 桜木紫乃「明日への手紙」(『北海文学』第九二号、二〇〇二年)。

▼3 本論文の引用と概説は単行本『凍原』(小学館、二〇〇九年)を用いた。文庫本は題名が『凍原――北海道警釧路方面本部刑事第一課・松崎比呂』(小学館文庫、二〇一二年)と変更され、内容においても大きな改編が行われている。

▼4 釧路商業高等学校に関連する記述は、永田秀郎『釧路街並み今・昔』(北海道新聞社、二〇〇五年)を参照した。

第Ⅱ章 北海道とクシロの人びと

氷人（国松登、筆者所蔵）

桜木紫乃の作品世界にはいくつかの特異な感覚がある。「砂感覚」「星感覚」「蓋感覚」「旅感覚」「羽感覚」などである。作品はこのいくつかの個性的な感覚によって、またその組み合わせによって構成される。こうした感覚は末梢的な皮膚感覚から観念世界へと広がり、次第に隠喩となって釧路や北海道の人びとが共有する普遍感覚となる。つまり、この感覚によって釧路と北海道の特殊性が捉えられ、さらにこの感覚が昇華され、大きな人間の普遍性へつながっていくのである。次に、桜木紫乃によって作り出された釧路や北海道の人びとの感覚を取り上げる。

（1）砂感覚（自我の凝縮）――『砂上』

砂感覚とは自己の凝縮と凝結への希求である。バラバラで砂のような自己をいかに形のあるものとして凝結していくかという感覚である。あるいはその逆もありうる。日々が砂のように崩れ落ち、こぼれ出していく不安な感覚である。桜木紫乃文学に多くみられるが、この感覚は桜木紫乃が大いに影響を受けた松本清張『砂の器』での概念を借りて説明した方がよいかもしれない。

松本清張における『砂の器』とは、砂で出来上がった器がいずれ崩れていくこと、いわば破裂への恐怖と予感を伴うものである。完成したはずの器が、出自に絡めとられ、砂となって脆くも崩れていく。器の材質と強度が問題となる。しかし桜木紫乃の砂はこれとはまったく性質が違う。最初から器の形状さえないのである。いくら握りしめても砂は砂のままで、形にならず、そのまま指の間からこぼれ落ちる。これが桜木紫乃の砂感覚である。日々における希望や欲望は砂となって堆積していく。あたかも湿原を流れる砂のように自己は流されていく。砂は日常を生きる人間や人生そのもので、つねに風化に晒される。しかし個々人は風化に耐えうる凝縮や凝結への夢を捨てきれない。文学や芸術一般の行為がそうかもしれない。

『砂上』はその題目どおり、砂感覚を集大成した作品である。その原型らしいものが習作「北の宝石」（『釧路春秋』第三八号、一九九七年）である。小説を書く行為があたかも砂を凝結していく過程として喩えられた作品で、おそらく私小説的な要素を大いに含んだものと思われる。『砂上』は桜木紫乃文学の中では異色の作品で、桜木紫乃のデビューに至るまでの長い苦節の期間の作業過程を軸にし、その過程で習得した桜木紫乃の小説論ともなっている。小説を書くとはなにか、という自問自答の模索である。概要を紹介する。

北海道江別で小説家になることを夢見ていた四十歳の柊令央のところに東京の大手出版社編集部の小川乙三が訪ねてくる。小説家への夢から十年続いた結婚生活は破綻し、アルバイトで生活をつなぎながら懸賞投稿を繰り返すが、作家としては芽が出ず、理解者の母にも死なれる。母の柊ミオは女一人で令央を育て、令央も十六歳で娘美利を生むが、戸籍では娘美利が妹になってい る。父親の存在を隠し、母ミオに連れられ、静岡県浜松の中田島砂丘の近くで生み、母親の戸籍に入れたのである。女三代の家系である。

令央を担当する編集部の小川乙三は、「柊さん、あなた、なぜ小説を書くんですか」と詰問し、以前に投稿した「砂上」の書き直しを提案する。「砂上」は女三代を生きる苦悩を描いた私小説である。書き直して郵送すると、同情を買うような私小説ではなく、三人称で全面的に書き直しをするよう要求される。自己憐憫の個人的体験ではなく、現実的体験を虚構で再構築するように厳しく指摘される。自己は透明人間になること、虚構に真実が宿っていると説教される。令央は黙々と書き直す。分解しては再構築することを繰り返す。そのなかで、しばしば浜松中田島砂丘での記憶がよみがえる。十六歳で妊娠した令央は娘美利を秘密裡に出産するため、母の知り合いで助産師である浜松在住竜崎豊子のところに身を寄せる。出産まで砂丘を歩きながら両手で砂を摑んだ記憶が思い出される。強く握れば砂は手からこぼれ落ちる。母のミオ、娘の美利にまつわる過去記憶を求めて令央は浜松の砂丘を再び訪れ、砂を摑んで歩いていた以前の感覚を三人称に客体化しようとする。その過程で砂が自己の体を流れていく感覚に襲われる。体内を通過した砂の記憶を小説として書いていく。

浜松中田島砂丘の訪問を終え、以前の「砂上」を全面再構築する。新たな自己の過去記憶が虚構として出来上がる。その過程はまさに柊令央の自我の再構築でもあった。全面改編の「砂上」を小川乙三に送る。小川からようやく納得の回答を得、「砂上」の出版が決まり、小説家としてのデビューの道が開かれる。

概要でも分かるように、内容は桜木紫乃の作家デビューに至る過程を如実に反映しているように思われる。細部においてその具体性がさらに増している。桜木紫乃は「雪虫」を書いてオール讀物新人賞を受賞しているが、それは作家デビューにはならない。珍しくも通常の雑誌発表の原稿依頼がないまま、五年半後の『氷平線』で世間の注目を受け始めた。四十二歳である。きわめて遅い。同人誌や詩集刊行などの文学活動を含めると、苦節二十年以上の歳月が流れたことになる。その長さは四十一歳でデビューした松本清張を超えているのである。桜木紫乃は自己の小説を見つめ直し、『砂上』で見るような自己解体の作業を繰り返していたと思われる。編集者により厳しい指導も受けた可能性が高い。そういった意味で『砂上』は私小説に近い。

『砂上』の作中で編集者にも厳しく批判されているように、桜木紫乃は「雪虫」でオール讀物文学賞は受賞したものの、いまだ文学少女の域を脱していないところが多くあったのではないかと思われる。私家版詩集三冊や『釧路春秋』、『北海文学』の初期習作群は文学少女の淡くて幼稚な感想文と言って差し支えないかもしれない。それはオール讀物新人賞を受賞した「雪虫」にも言える。これも作中の編集者によって批判されているが、既存の作品の受け売りに過ぎないところがある。やや厳しく指摘すれば、「雪虫」は同賞の審査委員長で、外国人嫁問題を扱った浅田次郎の習作「ラブ・レター」に素材と主題がきわめて類似している。結論においても文学少女の甘さが否定できない。ましてや同賞の審査委員長は浅田次郎である。浅田次郎は「選評」で「未来を甘く考えずにいっそうの精進をしていただきたい」と穏やかに結んでいるが、[1]受賞後における桜木紫乃の苦節はこうしたことが諸々影響していると思っている。さすがに寛容な浅田次郎も三年後の松本清張賞の選考では審査委員長として手厳しく忠告している。松本清張賞候補作である桜木紫乃「霧灯」について、「しかし忌憚なく言えば、文学の空気を吸いたがっている」と。[2]著者は浅田次郎の選評は的確であると思っている。そして他方ではこうした恥と挫折が本当の桜木紫乃の文学を作り出したと思っている。もちろん「雷鳴」「明日への手紙」など輝く硝子の破片のようなものは散在している。

しかし、多くの初期習作が小説として構築されていない。作中の編集者が言うように、私小説風に書いた作中の「砂上」は小説ではないのである。自己体験は砂である。それを小説のかたちにするためには強靭な握力が必要である。水分が必要である。砂を自己内部に通すことで水分と握力を獲得するしかないのである。それは自己を解体して再構築する作業に等しい。基本的には不可能である。

桜木紫乃はこうした自己解体と再構築をみずから成し遂げ、その過程に起こった心的現象、小説作法を作中のもう一つの「砂上」と全体の『砂上』で書き示している。『砂上』は作中人物が描いた小説の題名でもある。額縁小説なのである。桜木紫乃は額縁小説の中の「砂上」の改編作業過程を小説中でもう一度示している。その過程のなかで、小説とはなにか、なぜ小説を書いているのか、をみずから獲得していくのである。そしてそれがまた全体的に桜木紫乃自身の私小説にもなっているという構造である。三重、四重にもなる巧みな装置である。そのことから『砂上』ではこぼれ落ちる砂に関連する描写が数多く見られる。たとえば柊令央が書き直した作中の小説「砂上」で母ミオが体験する砂がそうである。

引き潮の砂丘に立った。金色の砂は乾いており、手に取ると指の間からするすると流れてゆく。力を込めると逃げてゆく砂が楽しくて、何度も何度も手に取ってはきつく握った。握りしめ、この手からこぼれていったさまざまなものを思い浮かべる。六十年のあいだ、必死で積み上げたものを、惜しげもなくミオは崩し、死んだ。

編集者小川乙三の指摘で私小説を三人称客観小説に変えて書いた作中作「砂上」における母ミオの砂体験である。一方で、令央は小川編集者から「決して過去の懺悔ではない」「上質な嘘」

をつくこと、同時にその嘘は完璧な嘘ではなく、その嘘によって書き手が大きく傷つく物語が小説であると諭される。そして『砂上』の令央が最終的に到達する砂感覚である。作品の結末に当たる部分である。『砂上』の全面改編の作業を終えた令央の自信感が出ている部分である。

　脳裏に広がる景色では、歩くのも砂の上、座りたくなっても砂の上だ。いつ歩いてもいいし、いつ座ってもいい。
　砂は令央の手でさまざまなものへと姿を変える。固めることの出来る水と腕を持たなければ、いつまでもかたちにならず、この手からこぼれてゆく。

　砂を握る行為はたんに小説ではなく、生活や人生一般に広がっていく。流されずに、こぼれ落ちずに、握りしめてかたちを作っていく人間存在の普遍的な生き方へと拡散している。小説に限った話ではないのである。
　それにしても『砂上』は、桜木紫乃文学においても異色の作品である。自己の作家デビューに至る過程と小説論をわざわざ書き記したのは、こうした砂感覚が釧路や北海道の人びとに共通する希求だったからではないだろうか。こうした砂感覚は、砂や硝子の破片や泡となってばらばらに消えゆくか、あるいは凝縮されてダイヤモンドや夜空の星のように輝くのか、それぞれの個々人に選択を迫る。砂が凝結されたものが星である。比喩的には華でもある。あるいは飛翔である。

（2）星感覚（自己存在の昇華）――『星々たち』

北海道の大地を生きる人たちは星として生まれる。そして星のように、場合によっては星のかたちをした泡となって消えていく。これが桜木紫乃の星感覚の基本である。桜木紫乃文学の神髄がもっとも凝縮されている『星々たち』の最後は、作者自身を重ね合わせるかたちで、次のように結ばれている。


ややや子はいちばん上にあった一冊の小説を手に取った。

『星々たち』河野保徳。

少し前に話題になった道内在住の作家だ。遅咲きのデビュー作ではなかったか。

『星々たち』、青いカバーに記された銀色のタイトルをつぶやきながら、満天の星空を思い浮かべた。やや子の胸の内側で、星はどれも等しく、それぞれの場所で光る。いくつかは流れ、そしていくつかは消える。消えた星にも、輝き続けた日々がある。

昨日より、呼吸が楽になっていた。

自分もまたちいさな星のひとつ――。

ややこには表紙カバーの青色が明るい夜空に見えた。頼りない気泡のような星たちを繋げてゆくと、女の像が浮かびあがる。誰も彼も、命ある星だった。夜空に瞬く、名もない星々たちだった——。

北海道の大地を放浪し、漂泊の人生を生きた女三代を描いた『星々たち』の最終場面である。女三代という基本構造は前述の『砂上』と同じ枠組みであるが、『砂上』で提示されている桜木紫乃自身の小説論を実践した作品でもある。そして『星々たち』は北海道在住の遅咲き作家のデビュー作であるとされる。桜木紫乃自身のことであろう。そしてその作家の原点となるデビュー作の名前が『星々たち』ということにもなっている。つまり、『星々たち』は北海道を生きる人間たちの一生を星々の明滅として捉え、その「輝き続けた日々」を記録すること、その人物がたどる「景色」を描くことを本質としているのである。桜木紫乃文学において、北海道は星の国なのである。星の共和国とも言える。中心には北辰（北極星）という座標軸があり、人びとは常にその周囲を流される。移動を繰り返しながら明滅する。星はまた釧路川を流れる砂粒のようでもある。星々と砂粒は北海道と釧路を生きる人びとに喩えられる。

さらに桜木紫乃文学の星はその形状や特質から泡や砂、または硝子玉とも親和性があることを指摘しておく。泡や砂や硝子玉の昇華のかたちが星である。これは形状や輝きの類似にもよるが、泡や砂となるものの圧縮体が星というイメージに近い。その代表的な例が『星々たち』第八話「案山子」であろう。交通事故から体内に入った硝子の破片が歳月によって丸い輝く硝子玉として体内から出てくるのである。

『星々たち』は北海道を放浪する女三代の話が全九話を通して間歇的にオムニバス形式で展開されている。人間たちの関係性は複雑に絡み合い、長い時間的な経過のなかで複雑に展開される。塚本咲子、塚本千春、田上やや子の三代である。全体は塚本千春の漂泊の生き方が中心になるが、漂泊は母塚本咲子から始まる。三人の女性を中心に概要を紹介する。

塚本咲子は札幌の近郊に生まれ、十八歳で未婚の母として塚本千春を生み、千春を老母に預けたまま、十九歳で家出し、札幌ススキノで働く。その後、旭川を経て、太平洋炭鉱で働く男と結婚して釧路で暮らすが、離婚する。釧路では暴力団組員掛川嘉喜に惚れるが、掛川は殺害される。ちょうどこの時に十三歳の千春が釧路を訪れている。その後、一時は娘千春と釧路に住んでいたが、娘のカードを勝手に使って釧路から逃げ、四十代には日本海に近い田舎街で酒場「咲子」を開き、五十二歳頃には能登忠治と同棲生活をする。能登忠治は東北出身で殺人事件を起こして逃走している身である。咲子は六十歳の時に重い病を患い、娘の千春の安否を心配し、能登が千春の行方を探す。しかし千春の交通事故で娘の安否を能登から知らせられず、六十歳で死ぬ。

他方、塚本千春は札幌の近郊で生まれて祖母と暮らし、十三歳の時に一度釧路で母咲子を訪れている。十六歳の時に、隣に住んでいる医学部三年の圭一の子を孕み、圭一の母育子によって中絶させられる。その後、十九歳頃に二歳年下の田上高雄と結婚し、札幌でやや子を出産するが、育児を放棄して逃げ出す。田上高雄は根室出身で、両親は床屋を経営していたが、家業を嫌って家出していた。千春は二十歳で札幌のストリップ劇場「ろまん座」で引退する廣瀬あさひの後継のストリッパーとして一時働く。その後、二十二歳の千春は釧路のスーパーで配達員として働き、釧路簡易裁判所の窓口で働く木村晴彦と出会って結婚するが、またそこから逃げ出す。

その後、三十八歳になった千春は小樽のスナック喫茶キリエに勤めながら活発に同人誌活動を行い、詩集『女体』が道報新聞文学賞を受賞する。小説にも興味をもち、四十四歳のとき、私家版「星々たち」を完成し、ちょうど訪ねてきた能登忠治に見せる。しかし、能登が傘を忘れたのでそれを届けにいく途中交通事故に遭い、右足を切断する。顔面には術後も取り除けなかったガラスの破片が時たま出てくる。翌年、千春は母咲子に頼ろうと帯広から釧路を目指すが、間違って十勝の河野保徳の家近くでバスから降りてしまう。元編集者であった河野保徳は千春に興味を示し、彼女の一生を聞きとり、小説『星々たち』を完成して小説家のデビューを果たす。

一方、千春の娘である二十四歳の田上やや子は根室の祖父母のところで育ち、いまは釧路市立図書館で働いている。金平水産の息子で地域FM局の社長金平昭彦と付き合い、結婚を考えていた。そんなある日、旭川の三浦知子から実父の田上高雄が死んだ連絡を受け、旭川を訪問する。

三浦知子は稲を研究する大学の教授で、放浪を重ねて旭川にたどり着き、晩年の父田上高雄と一緒に暮らしていたと話す。やや子は三浦から父が生前に興味を示した寒さに強い米の新品種をもらい、釧路に戻って婚約者の金平昭彦と一緒にご飯を炊いて食べる。そして翌日、釧路市立図書館の新刊紹介本として河野保徳『星々たち』を選ぶ。

長い概要になったが、オムニバス形式で進む筋は複雑に絡み合い、奥深い広がりを見せて展開し、一つの小宇宙を作り出している。中心と周辺の多くの登場人物たちは最終的に星々に収斂されていくが、星々たちはいずれも輝く一瞬がある。輝くのは凝縮された人生の一瞬である。泡のような日常の結晶が、あるいは傷痕が風化を経て星となっていく。そのよい例が第八話「案山子」であろう。

東京の出版社編集部をリストラされて十勝で無為の生活を送っていた河野保徳はたまたま放浪する塚本千春と出会う。二人の会話は『星々たち』のもっとも象徴的な場面であろう。まさに星が生まれる瞬間である。

女の額が一瞬光った。のち、光が指先へと移った。二つの視線が女の指先に集中する。

「硝子の破片なんです」と彼女が言った。

「事故のときに顔に刺さった硝子や、車の細かい破片がときどきこんな風に皮膚から飛びだしてくるんです。事故後すぐの手術ではぜんぶ取り切れなかったんですよ。いくらかでも元に戻ろうとしているのか、人間の体っておもしろいですね」

笑った顔の邪気のなさが恐ろしかった。女の指先に光るものがただの硝子とは思えなくなってくる。胸奥から覚えのある感覚が持ち上がってくる。なんだったろうこれは。焦った。

河野保徳は塚本千春の体から出てくる光る硝子が「ただの硝子」ではなく、「ダイヤの原石」であると直感的に感じ取る。千春はさらに続ける。

「尖っているから皮膚に刺さったんでしょうけど、こうして体から出てくるときは角が取れてるんですよね。顔の中で丸くなるっておかしいですよね」

体から丸くなった硝子の破片を取り出す千春の姿から小説創作への強い衝動を受け、『星々たち』を完成させる。これがのちに単行本として出版されて作家としてデビューすることになる。「星々たち」とは千春が関わった人間一人ひとりに喩えられているが、それはまた塚本千春の体から出てくる輝く丸い硝子ともイメージとして一致する。鋭利なガラスの破片を凝縮して丸い硝子玉を作るような作業過程が小説創作の作業過程に喩えられているのである。傷痕から硝子玉を作り出すような凝縮作業のように、人生で目撃する景色を凝縮して昇華させることが小説創作であるということでもある。

桜木紫乃文学には多くの場面で星が登場する。大地を生きる人間の凝縮された輝く一瞬が星として表現される。あるいは明け方の星のように存在が希薄化したり、明滅して泡となって消えたりする。星が人間の存在と密接に関連する。

たとえば、「プリズム」の最後は主人公たちの存在を表すかのように、こう締めくくられる。「空に残っていた最後の星が消えたとき、仁見の目の前に広がる景色が色を失っていることに気づいた」と。交際相手の野口の失職にいき詰まった仁見は大学生武田冬馬と関係し、現場を発見した野口が武田を殺害する。仁見は呆然自失の野口を連れて苫小牧岸壁に死体を遺棄する。死体遺棄前には「夜を手放しかけた空に淡い輝きを放ち星が輝いて」いたが、遺棄後には二人の存在を示すかのように、星は消える。

さらに「水の棺」の最終場面においても、二人の男女の将来的な関係性を象徴するかのように星は輝く。空の星は地上に降りて摩周湖の鏡のような湖面に映る。天人相関を示す象徴的な場面である。

湖の上空でひときわ輝くふたつの星が、鏡となった湖面に映っている。寄り添うでもなく、離れるでもない。星々のひっそりとした逢瀬を、良子は息を止めて見つめた。星は、ひとことでも言葉を発すればたちまちかき消えてしまいそうだ。呼吸さえはばかるような静けさのなか、闇に溶け込んだ湖の輪郭を探す。水に浮かんだふたつの星以外、何もなかった。

「プリズム」とは対照的な星である。一匹オオカミとして孤独に生き、挫折した歯科医西出良二を支えようと決意する関口良子が眺める天空と湖面に映る二つの星である。辣腕の五十歳の西出歯科クリニックの院長は、部下で三十歳の関口良子医師と付き合うが、先行きの見えない将来に関口はオホーツク海岸のあさひ町の診療所へと離れていく。まもなく経営難と政治的な悪意による投書が重なって西出歯科クリニックは破産し、さらに西出は脳梗塞で倒れる。大きく挫折した西出院長を支えていこうと決心した時、摩周湖の湖面に二つの星が現れるのである。

このように、桜木紫乃文学の作中人物には常に星が寄り添っている。星は自己存在の希求であり、昇華への形として現れる。あるいはこうした星感覚は北海道や釧路の人びとが無意識のうちに共有するものなのかもしれない。星の国を生きているのかもしれない。星に寄り添い、星に守られ、星と運命をともにしている。星の共和国とも言えるかもしれない。桜木紫乃文学はそうした北海道や釧路の人びとの無意識を反映しているように思われる。

（3）蓋感覚（封印と決壊）――「水の棺」「絹日和」

桜木紫乃文学には「蓋」という言葉が多用されている。それは「泡」と連動して使われるケースが多い。「澱」や「柵」とも関連してよく使われている。なにかしらの感情が奥底から「泡」のように立ち上がり、はじけていく。この内奥から漏れ出している気泡を押さえるものが「蓋」となる。泡には上昇の力がある。その発生場所は「柵」や水中の「澱」で、場合によっては「棺桶」や流氷の裂け目の底にもなる。そしてこれらを抑えつける下降の力と装置が蓋となるのである。霧や雪も蓋に属する。

たとえば、こういう具合である。「水の棺」の最後の部分である。

西出の両手が柵にかかった。空気が動く。良子は哀れにそげ落ちた彼の頬を盗み見た。閉じていた感情の蓋が、軽々と持ち上がり開く。

死なせたりしない。

意識の水底に広がる荒れ野から、ゆらゆら憎しみの気泡が浮かび上がってくる。やがて気泡は、ふたり分の重みで再び水の底へと向かうだろう。時間をかけ、ゆっくり沈んで行かねばならない。唇の両端が無意識に持ち上がっていた。

脳卒中で半身不随になった西出歯科クリニックの院長西出良二が、かつて愛人であった関口良子に伴われ、釧路からオホーツク海に面したあさひ町診療所に向かう途中、摩周湖に立ち寄って星を眺める場面である。夜空と湖面に映る二つの星を発見した直後の関口良子の収まらない心境である。なんとか西出を守りたいと思う。

西出院長は五十歳の貪欲な一匹オオカミのような性格で、浮気が絶えず、脳卒中もその浮気相手の一人だった主任衛生士上野郁子によって発見される。機を狙ったような投書が行われ、クリニックは破産し、西出は半身不随の状態となる。周囲の人間がみな西出院長から逃げ出す。西出は孤立無援の状態となる。西出に疎んじられてオホーツク海の町診療所へ来ていた関口が最終的に西出を引き取る。しかし、関口の心境は穏やかでない。西出を引き取ったものの、関口の「意識の水底に広がる荒れ野から、ゆらゆら憎しみの気泡」が上ってくる。湧き上がる泡が弾けないように抑えつけなければならない。その装置が「蓋」なのである。「感情の蓋」で封印し、再び沈殿させていくのである。

こうした蓋感覚と泡感覚は初期習作が原型になっている『根無草』にもみられる。叶田六花の書く記事が明るくなったと指摘する古賀知明について、叶田六花は次のように考える。

突き抜けて明るい記事を書けるようになったぶん、鬱々《うつうつ》と溜まりゆくものもあった。正体不明の澱《おり》が溢《あふ》れぬよう、気づかぬよう、必死で気持ちに蓋《ふた》をしている。

叶田六花一家が抱える過去の深い傷痕を古賀は知っている。ギャンブルが好きな父親が自己の重大な失態を詫びるため、男同士の約束どおり、母親の体を古賀に提供していたのである。「澱」の正体は傷跡である。澱は心の檻にもなる。澱が攪乱されて泡となって表面に現れる。心の檻は病として現れる。引きこもりである。

たとえば、「たたかいにやぶれて咲けよ」の中田ミツは若い愛人近藤悟と「繭のような家」で引きこもりの晩年を過ごした。「霧繭」での和裁師島田真紀は三十八歳で離婚し、「再び自ら吐き出した糸の繭に閉じこもって」しまう。そもそも釧路自体が霧に包まれた「繭」である。シェルタリング・スカイのような状態である。泡や檻に囲まれているような印象がある。泡が上昇し、檻が開かれ、澱が攪乱され、シェルタリング・スカイの一端に亀裂が生じ、保護膜は破けていく。これは個人にも当てはまる。自我の一端が破け、無意識が漏れ出す危険性である。亀裂の徴候があれば速やかに蓋をしなければならない。蓋とは自我の核である無意識の流出に対する自己防衛装置とも言える。桜木紫乃文学の耐え忍ぶ女性像に共通する自己抑制の精神は、この蓋感覚がもたらしたものと言える。手職をもって自立した女性に共通する性質である。

他方で、「絹日和」はみずからこの心の蓋を外す強い女性像を描いたものである。安藤奈々子は太平洋炭鉱の閉鎖で職を失った夫孝弘を支えるために札幌へ出るが、夫の生活は安定せず、ますます荒れていく。修復の手立てがない。釧路での着付師として将来を諦めた安藤奈々子は師匠の嵯峨珠希から再び着付けの仕事を依頼され、夫と家庭への蓋を外し、手職への蓋を閉めていく。一人で生きることを決心するのである。

浮き足立ちそうになる気持ちには、自尊心の蓋《ふた》をする。曲がりなりにも職人のはしくれじゃないか。ずれそうになる蓋をいさめながら、頭の中で何度も仕事の手順を繰り返し追い続けた。

手職をもつ一人前の着付師としてのプライドが蓋として機能するのである。師匠に頼まれた着付けの失敗は許されない。蓋が少しでもずれてはいけないと自らを戒める。夫安藤孝弘との結婚生活のために抑え続けてきた蓋が一気に緩みだす。夫は転職を繰り返し、暴力と浮気が止まない。次に示すのはその蓋が外れる場面である。

「さっき、知らない女を抱いてきた」
今まで蓋《ふた》をし続けたことがらが、一気に目の前に姿を現した。

安藤奈々子の夫への信頼は大きく揺らぐ。押さえてきた蓋が姿を現す。夫との訣別を覚悟し、釧路で着付師として再出発することを覚悟していく。

師匠嵯峨珠希の一人息子である嵯峨信樹の結婚式の着付けを無事に終え、安藤奈々子は師匠嵯峨に誘われ、式場の屋上ラウンジにあるレストランでシャンパンを頼む。

孝弘が去った場所にシャンパンが満ちてゆく。奈々子はゆっくりと頭を下げた。

さようならという言葉が泡と一緒にはじけて消える。誰に対して別れを告げたのか問うてみる。遠い顔近い顔がぐるりと奈々子の脳裏を通り過ぎた。

もう一度音にせずつぶやいてみる。

さようなら――。

頬の赤味を隠そうと懸命に化粧をしていた今朝の自分も、泡と一緒に浮かんで消えた。

シャンパンの泡があふれる場面で作品は終わる。蓋が取れ、泡となってあふれ出す。結婚生活は最終的に破綻し、奈々子は釧路で着付師として独りで暮らしていくことが予想される。

泡は現実の崩壊をもたらす。だから必死に蓋をする。しかし場合によっては呆気なく蓋が開くのである。釧路に隠喩されるシェルタリング・スカイや霧藹はしばしば決壊して漏れ出す。蓋で押さえていた中身が泡となってあふれ出す。ならばその抑えられた蓋の下の中身はなにものなのだろうか。象徴的には無意識である。それは記憶の原型でもある。桜木紫乃文学にはそれが形状的に、「深い水の底」（「水の棺」）や、鏡像の一つの太陽のある世界（『蛇行する月』第六話「2009 直子」）が想定されているように思われる。

（4）旅感覚（漂泊の魂）――『ラブレス』

旅感覚とは放浪と漂泊の感覚である。桜木紫乃文学の登場人物はつねに移動している。放浪と漂泊に生きている。男も女もそうである。場合によってはそれが女三代においても行われる。『砂上』や、『ラブレス』がまさにそうである。放浪と漂泊は桜木紫乃文学の根幹とも言える。こうした旅感覚をもっともよく表した芸術家がいる。釧路を代表する彫刻家米坂ヒデノリである。代表作に「氷原」や「漂泊」がある。桜木紫乃より三十年以上前に生まれた釧路の芸術家である。米坂ヒデノリ「氷原」は若い女性がマントで全身を覆いながら苦悩に満ちた表情で天を仰ぐ立像である。「漂泊」は粗削りの木造小舟に倒れている一体の人間らしきものを掘った木像である。なぜか木造小舟の先端から一匹の鳥が飛び立とうとしている。これが「漂泊」である。桜木紫乃文学を彫刻で表現すれば「氷原」や「漂泊」に近いものになるかもしれない。米坂ヒデノリは文学者としての感性も鋭く、次のような注目に値する文章を残している。『ラブレス』より三十年ほど前である。

市立釧路図書館長の鳥居省三氏は、「文化とは住みやすい生活をすること」と、新釧路市史の中で定義しているのだが、これはあくまでも理想の炬火をかかげた言葉であろう。ボクは道東、なかんずく釧路のそれを「仕方ない文化」或いは「吹きだまりの文化」とよぶことにしている。故郷へ帰りたくともその望み叶わず、天を呪い地を恨み、土に還った流れ者の系譜は連綿と続き、死ねぬがために生きているといった、居直りとも違う、もっと陰湿で、マイナス指向の生き方が実態ではないのかと思えて仕方がないからだ。優れた芸術家はそれを鋭敏につかみとり、造型化するものだ。問題作を世に送り出した作家たちが、多かれ少なかれこのことと関わりを持っていることに注目しなければなるまい。それは「脱出の願望」から発しているといって差し支えないだろう。閉ざされた空間から開かれた空間へ、束縛された状況から自由な世界への脱出願望は人類に普遍的なものなのだ。

クノッソス宮殿の設計者ダイダロスの息子イカロスが、父の言うことを聞かなかったばかりに人工の翼を太陽の熱に焼かれた話は、まさに今日只今のことなのかと瞠目する。▼3

桜木文学の神髄と共通する認識なのでやや長く引用した。引用文中の市立釧路図書館と館長は桜木紫乃文学にもよく登場するが、実在の市立釧路図書館館長であった鳥居省三は同人誌『北海文学』の主宰者で、釧路と北海道文学を代表する評論家であった。評論集『石川啄木──その釧路時代』（一九八一年）、『異端の系譜』（一九八三年）、『私が歩いた文学の道』（二〇〇七年）などの代表作があり、釧路・北海道文学の異端性から地方文学としての独自性を図った功績は大きい[4]。

さて、前記引用の米坂ヒデノリの指摘は釧路と北海道の性質を表すもっとも正鵠を得た認識のように思われる。「脱出の願望」が作りあげた土地と文化が北海道であり、釧路ということになる。束縛からの自由が脱出願望となる。脱出は故郷の否定である。だから北海道や釧路が最終的な安住の地にはならないのである。北海道はたどり着く希望の地ではなく、そこからさらなる脱出が図られる。この「束縛された状況から自由な世界への脱出願望」こそ北海道であり、釧路なのである。海を渡り、空を飛ぶ必要が生じる。米坂ヒデノリ「漂泊」の小舟に鳥が彫られたのはそうした理由からであろう。飛翔への果てしない願望である。そうした願望を米坂ヒデノリはダイダロスと息子イカロスが抱いた脱出への願望に喩えているのである。

『ラブレス』は米坂ヒデノリが指摘した「脱出の願望」を描いたものである。その脱出は女三代において行われている。作品は現時点における記憶として展開する。概要を紹介する。

釧路市役所勤めの清水小夜子は従姉妹杉山理恵から依頼を受け、理恵の母で伯母の杉山百合江の安否を尋ねる。杉山理恵は札幌で作家としてのデビューを目指しており、釧路に居残った母百合江は生活保護を受けていた。小夜子が母里実と百合江伯母を訪ねてみると、伯母は手に位牌をしっかり握ったまま意識不明の状態になっている。そして作品は位牌の謎を解くようなかたちで伯母の波乱万丈な過去が語られる。放浪と漂泊の一生である。

杉山百合江と里実は標茶村中茶案別の開拓農民杉山卯一とハギの娘であった。下に弟が三人いる。父と母は夕張炭鉱から開拓農民として一旗揚げようと入植したが、風土は過酷で貧困から抜け出せない。父と母はアル中になり、父の母への暴力はひどい。十三歳になった百合江は薬屋に女中奉公するが、主人に乱暴され、たまたま村を訪れていた流浪劇団一座に入り、一緒に全国を放浪することになる。百合江は歌が好きだったのである。

しかし、流浪劇団の生活は厳しく、一条鶴子団長が仙台で倒れる。劇団は解散し、百合江はギター弾きの滝本宗太郎と二人で流しの放浪生活を重ねる。そのなか、百合江は妊娠する。宗太郎の子を妊娠した百合江は出産のために故郷の標茶町をめざすが、窪地にある開拓農家の実家は依然として極貧で、父と母は冷淡である。弟たちからは「女郎」と軽蔑される。耐えかねた百合江は釧路で美容師になっている妹里実を頼って杉山綾子を出産する。父宗太郎は釧路から逃げ出す。百合江は裁縫で一時の安定を得、弟子屈町の公務員である高樹春一と再婚するが、高樹は多くの借金を抱えており、高樹と姑は杉山綾子を人買いに売り飛ばす。離縁した百合江は高樹との間に生まれた娘を連れて再び釧路に戻り、キャバレーなどで歌を歌いながら娘を育てる。その娘が作家をめざす杉山理恵である。他方、美容師であった妹里実が娘として認知した夫の浮気相手の子が清水小夜子ということになる。四十五歳の清水小夜子は妻子ある鶴田の子を妊娠し、出産を迷っている。同年の理恵は祖母の一生を小説にして本格的な小説家のデビューをめざしている。

他方、杉山綾子は東京の音楽家に売られ、椿あや子として日本レコード賞を受賞する超人気歌手となる。じつは百合江が最期まで握っていた位牌は弟子屈で失った杉山綾子の位牌だったのである。それらが高樹春一の告白で明らかになる。高樹老人が最後に百合江の手を握りながら「だいすきよ」と泣きわめく。

『ラブレス』の筋は複雑でいろいろ錯綜するが、全体を貫く土台となるのは百合江の放浪と漂泊である。それに百合江の両親、十歳まで妹里実を育てた夕張で旅館業をやる叔母、妹里実の家出と釧路での自立、理恵の放浪的な暮らしなどが添えられ、全体的に漂泊と放浪を生きる女性たちが多く登場している。女三代のテーマと小説家をめざす女性像は『砂上』とも一致しているところがある。類似した家族関係は『家族じまい』にも見られ、『家族じまい』は『ラブレス』の後日譚のようなところがある。

ここで注目したいのは、『ラブレス』の激しい放浪が一般的に想定されるようなものではないということである。本土を追われ、あるいは食いつぶし、あるいは逃亡せざるをえない事情で北海道や釧路を目指しているのではなく、北海道の開拓農民の子として生まれ、北海道を逃げ出していることである。けっして北海道が安住の地として、放浪の最終目的地として設定されているわけではないのである。開拓が悲劇を生み、そこから杉山一家の子どもたちの放浪が始まる。その反面、秋田を逃げ出して北海道にたどり着いた杉山卯一とハギの放浪は全く描かれていないのである。これは桜木文学において注目に値する。たとえば、同じく釧路出身の原田康子の大作『海霧』においては佐賀県を食いつぶして釧路で安定を得ていく過程がおもに描かれているのである。しかし、桜木紫乃の『ラブレス』はその逆である。仙台で滝本宗太郎の子を孕み、生活に窮した杉山百合江は滝本に北海道へ戻ることを提案する。自殺した放浪劇団の団長一条鶴子の墓地を参拝した後である。

「ねぇ、宗ちゃん」

宗太郎がギターケースを背負い直して返事をした。百合江は大きく息を吸って、一度すべて吐き出した。目を開く。道にひょろ長い影が二本伸びていた。

百合江の目にはこのでこぼこ道が、開拓小屋に続く馬車道に見えた。いつまでも野山に残る雪や、牧草がそよぐ稜線や、満天の星が瞬く夜空。十六で飛び出した故郷が胸奥からあふれ出てくる。

「ねェ宗ちゃん、北海道に行こうか」
「北海道って、ユッコちゃんの生まれたところだ」

これはたんに窮して一般に故郷をめざすという観念とはやや違う。両親の故郷は秋田の亀田になる。百合江は開拓移民二世として北海道で生まれている。祖先代々の墓がある場所ではなく、北海道の風土が故郷になる。血統中心ではなく土地中心なのである。

つまり、故郷を食いつぶして生活のために致し方なく移動した北海道ではなく、北海道に生まれ、さらなる自由を求め、祖先の移動をなぞるかのようにみずから再び放浪し、漂泊することが求められている。これは移動と漂泊の違いでもある。百合江の父杉山卯一は外部から移動してきた入植移民に近い。しかし祖母はやや違う。漂泊を生きている。また百合江の場合は北海道で生まれてみずから漂泊している。言葉を言い換えれば、「脱出への願望」を抱き、放浪と漂泊をみずから選ぶことが、またそのように行動していくことが、真の北海人であり、釧路の人びとということになる。その点、開拓一世は厳密な意味での放浪者や漂泊者ではないかもしれない。放浪と漂泊は北海道で生まれ、血縁に代表される歴史性を否定する二世から正式に出発するといえる。作品の結末近くで、従姉妹の小夜子は理恵の漂泊を次のように言う。

理恵には開拓者の血が流れている。小夜子にはないものだ。その血は祖母から百合江へと受け継がれ、生まれた場所で骨になることにさほどの執着心を持たせない。それでいて今いる場所を否定も肯定もしない。どこへ向かうのも、風のなすままだ。理恵が祖母と心を通わせることができたのも、開拓者の気質を受け継いでいるせいなのだろう。からりと明るく次の場所へ向かい、あっさりと昨日を捨てることができる。捨てた昨日を、決して惜しんだりはしない。

小夜子の言う「開拓者の血」とは米坂ヒデノリが指摘する「脱出への願望」に一番近いものであろう。束縛から脱出して一人で自由に生きるという漂泊の魂である。それは米坂ヒデノリが引例したクノッソス宮殿の高い絶壁の檻から飛び立つダイダロスと息子イカロスのような脱出への企てである。このような脱出への願望と魂を持つこと、飛翔への絶え間ない希求が「開拓者の血」ということにもなる。それを逆に言えば、放浪と漂泊の魂を持つ者が真の北海の人びと、真の釧路の人びとになることを意味する。放浪と漂泊が飛翔の試みなのである。

（5）羽感覚（飛翔への願望）——初期詩作、「風の女」『裸の華』

羽感覚とは飛翔への夢である。脱出への願望であり、変身への希求である。飛翔と脱出と変身こそ桜木紫乃文学が目指す方向性である。比喩的に言えば、蛹から蝶となって空を飛ぶことである。こうした羽感覚は桜木文学の出発とともに始まっている。

桜木紫乃は小説家としてはきわめて長い下積みの期間がある。それ以前には詩の同人に属していた。釧路は文学同人活動が旺盛な地域である。おそらく日本で随一であろう。俳句会、短歌会、詩や小説の同人会活動が活発で、また盛んに自費出版を行う風土がある。桜木紫乃も金澤伊代の名前で三冊の詩集を自費出版している。『海のかたち』（一九九八年）、『雨の檻』（二〇〇〇年）、『午後の天気図』（二〇〇〇年）である。いちおう詩集『海のかたち』が桜木紫乃の処女作となる。処女作詩集『海のかたち』の巻頭詩「後悔の行方」はこう始まる。

記憶は天女の羽衣になっても
たしかにそこで存在している
向こう側まで　未来まで
透けてしまう羽衣の端で
包み込む何かを待っていてくれる。

そして「後悔の行方」は、「羽衣だけをまとって／窓辺にたたずんでみようか／月のかけらで照らす夏草の上／裸足の私が／最後のシェイプをうめようと／している」で終わる。やや意味不明だが、透けるような薄い羽衣をまとって窓辺に裸足で立って飛翔の準備をしているということなのだろうか。三十三歳時の作品である。さらに『午後の天気図』の「彼の羽」はこのように始まっている。

あんまり抱き合ってばかりいたから
背中に生えた羽の色を忘れていました

空を飛ぶためにあることも
言わないまま過ごしてしまったから

海沿いの坂の上で
オオセグロカモメに追い越され
たたずむ意識を眺めている

やっとその背中を思いだした

隠した羽を広げているあなたの明日

　これまた意味不明だが、別れの際に相手の羽と自己の羽に気づいたような内容が続いている。三十五歳の時の作品である。三冊の詩集の評価についてあえて厳しく言えば、自己に閉じこもる文学少女の域を脱していないように思われる。のちの小説家の桜木紫乃とは雲泥の差がある。しかし羽感覚は備えている。飛翔への夢を、飛翔への少女的な夢を、三十代の中盤まで保持していたことには驚かされる。他方で、飛翔の夢に対する純粋な一筋の思いが桜木紫乃文学を作り上げた原動力であったとも思われる。

　桜木紫乃のこうした飛翔への願望は、羽感覚として後の小説に多く反映されている。羽はしばしば記憶と結ばれている。処女作巻頭詩は「記憶は天女の羽衣になっても」で始まるが、記憶が日常の澱（檻）を攪乱し、そこから風が起こる。風の上昇によって羽を広げて飛び立つのである。そうした過程がよく表れているのが「風の女」であろう。

「風の女」は留萌で書道教室を開いている四十歳独身の沢木美津江のところに、二十八年間消息不明の姉沢木洋子の遺骨を東京の寺田樹が持ち帰る話が中心になっている。寺田樹から姉の遺骨を戻したいという連絡を受けた沢木美津江の平凡な日常は大きく乱されていく。封印した姉への記憶が、近くの「丘に立ち並ぶ風力発電の白い羽が回り始める」ように回りはじめ、「美津江の心を攪乱」する。寺田樹とは中央書壇を牽引する若手書道家の寺田州青で、書道界の大御所である寺田州黄の息子である。姉洋子が寺田州黄の側室のような身分で囲われ、息子の寺田樹にも好かれていたことが分かる。再会の翌日、二人は宗谷岬を目指すが、途中で四基一列に並んでいる風力発電機に遭遇する。


「もう少し行くと、白い羽だらけの丘があります。風車の群れです」

「群れるものなんですか。生きものみたいだな」

「毎日毎日、この時期になると生きものみたいに回っていますよ」

行ってみればわかると言うと、車の速度が増した。

「ほら、ここです」


二人の会話はじつに絶妙である。四基の風車は沢木一家の四人家族を、白い羽は死んだ父母と姉の遺骨の色を示すかのようである。風車はさらに擬人化され、さらに膨大な数の風車の群れと出会うことになる。

稜線《りょうせん》の端にある風車は、マッチ棒ほどの大きさにしか見えない。高さ五十メートルから八十メートルの風車が三十九基、空を支える柱となって風を受けている。よく見ると、みな羽の向きが違った。干渉することなくそれぞれの向かい風を選び取り、信じた方向を見据えている。海風が樹の背に吹きつける。シャツに一対の肩甲骨《けんこうこつ》が浮かび上がった。美しい肩甲骨に、洋子の骨を思いだした。四十九日を過ぎたというのに、まだ仏壇に置かれたままになっている。

風車は自由に生きる人間に喩えられ、その羽は寺田樹の肩甲骨や姉洋子の骨へとイメージが拡散する。周囲の束縛を嫌い、十七歳で出奔した姉の家出と失踪が飛翔へとイメージされていく。羽は脱出の比喩となる。鳥が風を迎えて崖を飛び立つように、あるいはダイダロスとイカロスが城壁の絶壁から飛び降りるかのように、姉洋子は留萌の実家を飛び出したのである。この飛翔の場面描写はじつに巧みである。

「オロロン鳥って、このあたりにいるんでしょうか」

「オロロン鳥、ですか」

「洋子さんが、父の葬儀が終わったころに話してくれました。白と黒のモノトーンだと聞きました」

「天売《てうり》島で繁殖して、たしか冬場はもう少し南で過ごすらしいです。いっときは絶滅と言われたりしていましたけれども。もっと北の、ロシアの島にはまだたくさんいると、テレビで見たことがあります」

「洋子さんは、一度見たことがあると言っていました。紙を前に深呼吸すると、目の前にその鳥がぱっと舞い降りるんだそうです。鳥を追いかけるみたいに羽を広げて風に乗って、いつも崖《がけ》から飛び降りるような気持ちでひと筆目にはいるそうです」

崖を飛び降りるオロロン鳥が洋子と一体化している。それはまた洋子の書道の精神性にも反映されている。洋子は、「鳥を追いかけるみたいに羽を広げて風に乗って、いつも崖から飛び降りるような気持ち」でひと筆目に入るという。洋子は東京で放浪し、寺田州黄に才能を見出され、側室のようなかたちで一生を終えることになったが、彼女の書は既存書壇の世界を遥かに凌駕するものであった。しかし、自己の才能を隠し、側妻のような立場に満足し、四十五歳で亡くなっている。飛翔から真の芸術家の領域に入っているのである。逆に言えば、芸術は飛翔であるということにもなる。昇華とも言える。昇華は飛翔を前提にしている。これが桜木紫乃文学の精神性である。硝子の破片が星になる。ストリッパーの卑猥な踊りが現実の欲望を昇華し、華（花）となっていく。脱出への願望から飛び立つ飛翔から芸術が生まれる。桜木紫乃がストリッパーを好んで描いているのはこうした所以である。

『裸の華』はストリッパーを主人公にした長編小説である。短編としては「フィナーレ」「隠れ家」（『星々』第三話）で扱われており、部分的には長編『氷の轍』をはじめ多くの小説でストリッパーが登場する。日本近代文学にはじつにさまざまな職業の人が登場するが、ストリッパーをこれほど本格的に取り上げたのはおそらく桜木紫乃が初めてであろう。その理由はさまざま考えられるし、作家自身もいろいろ語っているが、著者はそれを脱出への願望と飛翔への夢がもたらしたものと考えている。つまり羽感覚である。概要を紹介する。

平成の舞姫と呼ばれたノリカは神奈川の小屋で左足を骨折し、ストリッパーとしての出発点であった札幌のススキノに戻り、ダンスシアターノリカをオープンする。大怪我を抱え、すでに四十歳になっていたノリカは後輩に踊りを指導することで再起を図ろうとした。不動産屋を窓口にして店を借りるが、その不動産屋の営業マンがかつて「銀座の宝石」と呼ばれたバーテンダー竜崎甚五郎であった。竜崎の紹介で新人の踊り子桂木瑞穂と浄土みのりを雇い、ダンサーの指導を行う。桂木瑞穂は踊りの才能はやや足りないが、人を惹きつける明るい魅力の持ち主で、浄土みのりは天性的な才能の持ち主であるが、粗い原石の状態で、磨けば宝石となる踊り子であった。ノリカは二人のそれぞれの個性と才能を伸ばす指導に全力を注ぐ。竜崎はバーテンダーとしての腕を振るう。ダンスシアターノリカの経営はようやく軌道に乗るが、浄土みのりがプロダクションの注目を浴び、女優として巣立っていく。桂木瑞穂は妊娠し、結婚することになる。二人の踊り子の巣立ちに触発されるかたちでノリカはもう一度ストリッパーとして生きようと決心し、師匠静佳を訪ねる。七十歳に近い師匠静佳は熱海の場末の一人小屋で踊っていた。ノリカは師匠静佳の踊りからストリップショーが、自己の傷痕で観客の傷痕を包み込む神々しいものであると自覚し、いよいよ復帰の舞台にもう一度上がり、復活のダンスを踊る。

ここまでが概要で、桜木紫乃文学によくみられる手に職を持つ自立した女性像の一種が描かれている。注目に値するのはストリップを一つの芸術域に高めていることであろう。そしてストリップという踊りの行為を飛翔として捉えていることである。たとえば、ノリカの怪我による再起への絶望的な心境が次のように述べられている。

もう、好きに組み立てていつまでも羽が生えたみたいに踊るのは無理なのだ。二十分の演目を一日四ステージ踊りきるには、気力と体力が必要だ。どちらも薄れていた。

ノリカは自分の胸の裡《うち》にぽつぽつとちいさな白い花が咲き始めているのを感じ取った。羽はなくなりどこへも飛んで行けないが、もしかするとここで咲くことができるかもしれない。ステージでもらっていた美しい花束ではない、道ばたで見逃しそうな地味な花だった。

ノリカは羽を失ったと思い、羽の代わりに「花」として咲くことを目指している。羽の代わりが花であり、この花こそが「裸の華」となるのである。昇華である。つまり羽で飛翔する行為は花(華)を作り出すためであるとも思われる。ほかにも羽への比喩は作中の随所に見られる。たとえば、浄土みのりは「関節が鳥の羽に似た開き方をする」とされ、羽を失ったと思うノリカと若い羽を持つ浄土みのりの対比が克明にされている。

みのりにはまだ羽がある。客席からは決して見えない薄くて透明な、ときどき光を受けては七色に光る羽だ。

みのりの「HAVANA」で九人の客席が倍も膨らんだように見えた。東京へ行って知らない世界を覗いてきた羽は、ほんの少し光を受ける角度が変わっている。絶え間なく変化できる若さだ。

羽への拘泥は、他の作品にも見られる。たとえば、「海に帰る」においてキャバレー勤務の絹子が自分の元を去るのではないかと不安に駆られた理容師寺町圭介は、絹子の肩甲骨に「羽の残像」を感じ、実際に「羽がないかと確かめる」ようにもなる。「背中の羽を広げて」逃げてしまうのが不安だからである。圭介の不安どおりに絹子は行方をくらますが、ここで強調しておきたいのは羽の隠喩性と飛翔と脱出へのイメージが随所にみられることである。
さて、『裸の華』に戻るが、作品の最後はノリカの復活公演の華やかな踊りで終わる。その場面は羽でいよいよ大空へ飛び立つ瞬間になる。

幕が上がって、一音目が入った。

ボラーレ——飛ぶ
カンターレ——歌う

背中の羽がノリカの体を持ち上げた。両腕を交差させ、頭上に伸ばすとタンバリンが気持ちよく鳴り響いた。

ノリカが踊る場面はあたかも羽を舞いながら飛翔するかのように描写されている。城壁に閉じられた柵や檻を脱出し、大空を自由に羽ばたいているようである。柵と檻（澱）とは自己と他者の傷跡である。そして作品は次のように終わる。

やまぬ拍手のなか、二曲目のイントロが流れてくる。
昨日急いで差し替えた「フライ・ミー・トゥ・ザ・ムーン」だ。
脚を戻し、床につけた両手を離し、ゆっくり起き上がる。
客席に散らばっていたさびしさを一本一本束ね、ノリカは舞う。
開け、裸の華――。
踊れ、裸の華――。

ノリカの踊りには月と星への思いが込められていると言える。ノリカの飛翔によってノリカの傷痕は消え失せる。そしてまた他者の傷痕を「一本一本束ねて」飛翔していくことになる。まさに昇華である。あるいはそれがまた芸術の核心でもあろう。「華（花）」を作り出すのがノリカのストリップであり、最終的には桜木文学が目指す方向性でもあろう。桜木紫乃の芸術論でもある。

桜木紫乃にとって小説を書くというのはこの華（花）を作り出すことのように思われる。桜木紫乃は『砂上』で「あなたはなぜ小説を書くのですか」と繰り返し問うているが、まさに砂粒を握りしめて華を作り出す行為が小説を書くことの本当の意味ではないだろうか。それは世阿弥の『風姿花伝』の世界と深くつながっている。『風姿花伝』の世阿弥の世界を論じるのは難しいが、究極的に言えば、芸術とは花（華）を出すことではないだろうか、と著者は認識している。その花（華）とは、飛翔のことである。昇華である。それを神話的な原型で言えば、岸壁から飛び出して大空を実際に飛んでみせることである。

桜木紫乃文学にはこうした飛翔への願望が強くみられ、それはまた北海道や釧路の人びとにも広く共有されているように思われる。

注

▼1　「第八二回オール讀物新人賞発表・選評」（『オール讀物』二〇〇二年五月号）。

▼2　「松本清張賞選評」（『文藝春秋』二〇〇五年七月号）。

▼3　米坂ヒデノリ『間道を行け』（北海道新聞社、一九八二年）。

▼4　鳥居省三の功績は大きいが、石川啄木研究や晩年における『万葉集』への耽溺などから、鳥居の研究は釧路・北海道文学を本土文学の多様性を示す異端として捉え、本土文学の系譜と融合を図っているように思える。和田謹吾や小笠原克の風土論も同様である。他方で、原田康子、米坂ヒデノリ、桜木紫乃は本土との断絶と反逆の精神が根強いことから、両者らは本質的に方向性を異にしていると著者は思っている。

終章
アイルランド文学、北海文学、クシロ文学

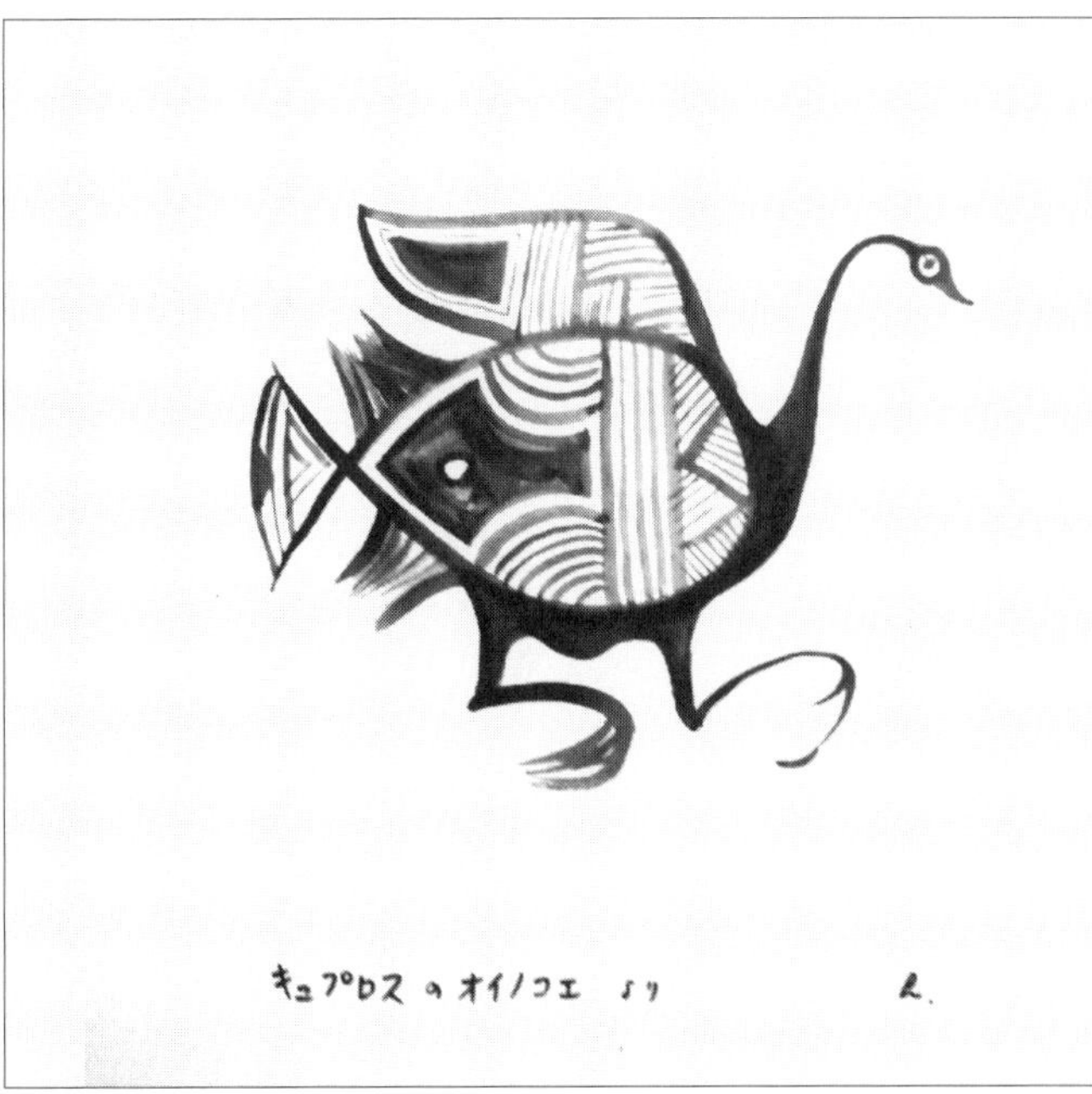

キュプロスのオイノコエ（米坂ヒデノリ、著者所蔵）

（1）アイルランドと北海道、ダブリンとクシロ

ジェイムズ・ジョイス『ダブリンの人びと』は飛翔を夢見ながら、挫折と敗北と劣等感で屈折を生きるダブリンの人間模様を描いているが、それらの十四編を総括するものが最終章になっている「死者たち」の最終場面であろう。

十二月のキリストの生誕を祝うダンスパーティーの夜、一族の集まりのなか、英国寄りの新聞文芸欄にアイルランドの土着性について批判的な記事を書いてきた主人公ゲイブリエルは、周囲の一族から冷たく疎外され、うさん臭いと敬遠され、あげくの果てには「西のイギリス」とまで呼ばれる。アイルランド語を忘れ、アイルランドの風土を毛嫌いし、イギリスかぶれした軽薄な知識人として冷たく非難される。大学で文学を教えるゲイブリエルは、「文学は政治を超越する」[1]「アイルランド語は私の慣れた言葉ではない」と「私は自分の土地にうんざりなんだ、もううんざりしているよ」[2]とひどく取り乱してしまう。

こうしたハプニングを挟みながらもダンスパーティーを通して一族はアイルランド人として一

体感を覚える。ゲイブリエルにとってはやや気まずいダンスパーティーではあったが、ダンスパーティーがようやく終わり、妻グレタと一緒にホテルに戻ると、妻グレタはゲイブリエルの要求を冷たく拒絶する。その代わり、妻グレタからアイルランド西のゴールウェイで会った死んだ過去の恋人の話を告白される。ゲイブリエルはひどく傷つく。

数々の自己欺瞞に気づいたゲイブリエルはあふれんばかりの自己反省の涙を流し、降り止まない窓の外の雪を眺めながら、アイルランド人として原体験である「西への旅」を決意する。きわめて感動的で象徴的な場面である。アイルランド人とはなにか、が提示されているジョイス文学の核心部分である。

窓ガラスを軽くたたく音が二、三度聞こえたので、彼は窓のほうへ目をやった。ふたたび雪が降り出していた。彼はうとうとしながら、銀色と黒い陰翳の雪の雪片が街灯の明かりに照らし出されて斜めに落ちているのをながめた。いよいよ西への旅に出なければならない時が来た。やはり新聞報道のとおりである。雪はアイルランド全土にあまねく降っている。暗い中央平原の至るところに降り、むき出しの崖にも降り、アレンの沼地にもやさしく降っている。さらに西側にある荒れ狂うシャノン川の暗い波間にもやさしく降っている。また雪はマイケル・フュアリーが埋葬されている丘の淋しい教会墓地の隅々にまで降っており、倒れかかった十字架や墓石にも、小さな柵の槍のような先端にも、荒地の茨の上にも深く降り積もっている。天空の彼方からやさしく降ってくる雪が、あたかも最後の審判が到来するかのように、すべての生者たちと死者たちの上にやさしく舞い降りている。雪の微かな音を聞きながら、彼の霊魂はゆっくりと眠りの中へ解放されていった。[3]

もっとも象徴的な「西への旅」とはアイルランド人としての原点復帰を指すもので、「西への旅」体験こそ、アイルランド人の共同幻想の核をなすものである。地理的には、「中央平原」「アレンの沼地」「荒れ狂うシャノン川」に象徴されるアイルランドの荒蕪地域である。荒蕪地体験であり、放浪体験でもある。それはまた「十字架」「槍」「荒野の茨」で暗示されるイエス・キリストの受難をみずから追体験する行為でもある。そして「天空」から恩寵が降りるかのような雪は、「最後の審判」における「霊魂」の救済を示すものであろう。それによってアイルランド人としての心の浄化と魂の再生が行われる。アイルランド中に降る雪はアイルランド人のシェルタリング・スカイのようでもあり、アイルランドに降りてくる恩寵という意味にもなるであろう。

主人公ゲイブリエルはアイルランド人の原点である「西への旅」を通して自己の再生を図ろうとする。それはゲイブリエルだけではなく、ダブリンの精神風土を支配している「喜んで虐げられている者たち」(the gratefully oppressed) が無気力と精神的な麻痺状態 (paralysis) から脱出し、真の再生が到来することへの希求でもあろう。ジェイムズ・ジョイス文学の偉大性はここにあり、ジョイスがアイルランドの国民作家であり、世界的な作家である所以もこうした作家精神によるものであろう。著者はそれに類似するものを桜木紫乃文学で強く感じている。

桜木紫乃文学では、ジョイスの原体験に当たる「中央平原」「アレンの沼地」「荒れ狂うシャノン川」に対応する風土がつねに想定されている。北海道の荒野だったり、釧路湿原だったり、蛇行する釧路川だったりする。ジョイスの言う「西への旅」体験と同じように、桜木紫乃の主人公たちは北海道の荒野を放浪し、北海道で死んでいく。「アイルランド全土」に降る雪のように、それがまたアイルランドのシェルタリング・スカイとなるかのように、クシロと北海道は桜木紫乃文学において、本土とは分離される、独自のシェルタリング・スカイとして機能している。

ジェイムズ・ジョイス「死者たち」の主人公ゲイブリエルは、「西のイギリス人」と呼ばれ、ひどく羞恥を覚え、強く反発しているが、同様の思想は桜木紫乃文学にも貫かれている。桜木紫乃の作品世界では、「北国の日本人」ではなく、クシロ人または北海人の生き方がしつこく描写されている。ジョイスの言う「西への旅」がアイルランド人に要求される根源的な孤独体験であるが、その通過儀礼となるのが放浪であろう。あるいは飛翔である。または脱出である。あるいは総じて荒蕪地体験と言うこともできる。

（2）荒蕪地体験、飛翔と昇華

戦後における釧路文学と北海道文学を論じる時に欠かせない人物がいる。『北海文学』を主幹し、地方文学としての釧路・北海道文学の個性を模索した鳥居省三である。多数の文学評論があるが、文学論よりは美術論や歴史考証に優れたものがある。とくに米坂ヒデノリ論と寺島春雄論が出色である。鳥居は寺島春雄の世界について次のように述べている。

寺島はその運命的な第一歩の作業を、温めつづけた観念をキャンバスに叩きつける喜びに浸って、「柵の時代」からはじめた。無雑作に荒く打ちつけた木柵の中に一人の人間が閉じこめられており、その人間が柵と柵との間に片足を入れて柵の外に出ようともがいている『柵と人』（昭三二）、同じ時期に画かれた作品で、題はないが、石屋の店先に見られるような石柱を重ねて並べ立てた中に、一人の人間が閉じこめられて頭だけを出している構図の、一連の「柵の時代」の作品。これらは権力とか社会悪とかと対決する抑圧された人間を象徴しているだろうが、同時にまた寺島の内部風景の側からいえば、絵と彼自身のヒューマニズムとの最初の対決とも見えるのである。▼4

寺島春雄（一九一一－一九六六年）は旭川で生まれ、釧路で育ち、帯広で若くして死んでいるが、

「柵」「柵と人」「柵と太陽」の題で複数の印象深い作品を残している。[5]「柵」「柵と人間」は人間が一人柵の中に閉じこめられているが、「柵と太陽」は太陽が柵で囲まれており、やや異様である。たしかに鳥居省三の指摘のように、たんなる抑圧の象徴のようには思えないところがある。もちろん柵から脱出したいという強い願望は読み取れるが、柵の外にあるはずの太陽がまた柵に囲まれている。根源的な挫折の心情を読み取ることができるかもしれない。脱出はけっして成功しないことへの予感だったのだろうか。またそこには神話性さえ窺える。

ダイダロスとイカロスは城壁の柵を飛び出したが、イカロスは太陽を目指して墜落死する。蠟燭でつないだ羽が溶けたことによるが、究極的にいえば羽の欠陥による。寺島においてはそれが凍土の欠損性だったのだろうか。したがっていずれも飛翔は宿命的に成功しないのであろう。

すでに述べたように、『若き芸術家の肖像』においてスティーヴン・ディダラスは最終的に飛翔を目指す。高揚する若き精神は飛翔の歓喜にあふれて飛び立っていくことで作品は終わる。この飛翔は成功したかどうかは不明だが、それはダブリンを離れたジョイスの文学的放浪と文学的成果から類推するしかない。

他方、飛翔の結果をジェイムズ・ジョイスの文学作品で探ると、「ダブリンの人びと」第十五編「死者たち」のゲイブリエルがその後身の姿のようにも思われる。イギリス系新聞記者として周囲から「西のイギリス人」と軽蔑され、深い自省のもと、ふたたびアイルランドの原初の魂を求めて「西の旅」を余儀なくされている。結局のところ、ジェイムズ・ジョイスにおいても飛翔は成功しなかったようにも解釈できる。イカロスを踏襲している。羽は欠陥品だったということになる。それでは北海道の羽はどうであろう。
　本書「序章」で紹介した中澤茂「鴎の店」においては、「みんな翼《つばさ》の下に、一発づつ、銃丸《たま》を射込まれている」と最初から飛翔の不可能性、あるいは飛翔の失敗が提示されている。しかし柵の中から脱出を試みざるをえない。飛翔に失敗し、やがてはゲイブリエルのような放浪の旅が予定されている。これがアイルランドと北海道の宿命で、ダブリンとクシロの呪われた運命なのかもしれない。地政学的な宿命とも言える。桜木紫乃にも飛翔に失敗した鳥たちの儚い夢を歌った詩がある。

色とりどりの
夢とりどりの
飛べない鳥たちの
飛ばない鳥たちの
火花　飛んで　空を燃やす

風が　焦げて　夜を溶かす

釧路の夏の花火を歌った「フローズン・サマー」という詩の一部分である。[6] 釧路の夏の花火を飛翔に失敗した「飛べない鳥」「飛ばない鳥」の儚い夢として表現したものである。

ここで桜木紫乃文学の基本認識を総じて言えば、北海道はたんなる本土付属の北の島ではないという認識である。それはかつての英国領であったアイルランドが英国付属の西の島ではないことと同じ理由である。アイルランド人は「西のイギリス人」ではない。もちろんアイルランドは大陸でもない。これは北海道にもやや当てはまる。

桜木紫乃文学において北海道とは、広闊で茫漠とした原野である。凍った荒野であり、灰色の荒蕪地であり、意味を持たない闇でもある。だからそこには過去記憶が存在しない。過去記憶を葬った場所が北海道ということになる。自己の内面の空虚が創り出す虚無が北海なるものに近いかもしれない。桜木紫乃が創り出したクシロがまさにそうである。

したがって、桜木紫乃のクシロの人びとはたんなる故郷喪失者ではない。故郷を追われて放浪し、失った四季折々の故郷への郷愁と憧憬を抱く者たちでもない。貧困や苦難のなか、放浪と挫折を経験した人たちの記憶の共同体でもない。失われた過去を追い求めているのではない。むしろそれらを乗り越えて得られた空虚のようなものが内在している者たちである。だから心底には憧憬があるのではなく、空虚が存在する。それは虚無と呼んでもよいかもしれない。伝統の無い刹那主義とも言える。こうした茫漠とした空虚が虚無となって存在するのが桜木紫乃の描く北海道とクシロの人びとではないかと思われる。桜木紫乃がよく引用する北原白秋「シンジツ二人ハ遣瀬《ヤルセ》ナシ、シンジツ一人ハ堪ヘガタシ」の状態に近いであろう。心底には根源的な虚無が存在するだけで、他には「なにも無い」状態のようにも思われる。ジェイムズ・ジョイスの言う西の「荒蕪地」である。それは過去記憶の不在を意味するかもしれない。こうした根源的な空虚と虚無を共有する者たちが、桜木紫乃の描く北海道とクシロの人びとのように思われる。

空虚と虚無はおのずと満たされない渇きを持つ。ひたすらになにものかを求めて渇望する。空虚と虚無はそれ自体としては内面の檻となる。この内面の檻から抜け出ること、自由を求めて飛翔することが結果としては放浪をもたらすのであろう。あるいはそれは飛翔への儚い夢にもなる。空虚と虚無の檻を破った自我の拡散の方向である。その逆で、内面の空虚と虚無にひたすら蓋をし、自我の凝縮をめざす方向もありうる。それが砂からダイヤモンドを作る行為であり、それはまた星となり、華となっていくのである。

すでに引用したように、ジェイムズ・ジョイス『ダブリンの人びと』の最終編「死者たち」の最後の場面は、主人公ゲイブリエルがしんしんと降る雪を眺めながら、アイルランド人の原点である「西への旅」を決心するところで終わる。それは自己凝縮へと向かう魂の探検とも言える。

同じく本書「はしがき」で述べたように、『若き芸術家の肖像』での若いスティーヴン・ディダラスは「飛べ！　飛び立つんだ！」と勇気づけられ、飛翔を促されている。この飛翔への方向は自我の拡散と凝縮を目指す方向である。ジョイスにおけるこうした自我の拡散と凝縮を桜木紫乃文学と並べてみると、両者の認識と方向性はきわめて類似している。これは影響というより、アイルランドのダブリンと北海道やクシロの風土に基づいた精神性が作り上げた同一の結果のように思われる。

偉大な文学には人間や風土を凝縮するこうした類似性が見られる。その点において、桜木紫乃の挑戦は世界文学として十分に注目に値する。ジェイムズ・ジョイスによってアイルランド文学が構築されたように、桜木紫乃によって「北の日本文学」ではない、真の北海道文学が構築されることを期待している。それはすでに北海道文学ではなく、もうひとつの共和国の文学と呼ぶにふさわしいかもしれない。そのための原点が、「柊さん、あなた、なぜ小説を書くんですか」という素朴な問いであることは言うまでもない。

▼1　「アイルランド語は私の慣れた言葉ではない」とは著者の訳である。原文は「Irish is not my language」である。ちなみに、岩波文庫（結城英雄訳）では「アイルランド語はぼくの言語じゃないよ」、新潮文庫（柳瀬尚紀訳）では「アイルランド語は僕の国語じゃない」、ちくま文庫（米本義孝訳）では「アイルランド語はぼくの言語じゃないよ」と訳されている。

▼2「私は自分の生まれ故郷にうんざりだよ、もううんざりしているよ」とは著者の訳である。原文は「I'm sick of my own country, sick of it!」である。その前には「your own land」が使われていることから「生まれ故郷」に訳した。ちなみに、岩波文庫（結城英雄訳）では「ぼくは自分自身の国にうんざりしているんだ、本当にうんざりしているんだ！」、新潮文庫（柳瀬尚紀訳）では「僕は自分の国にうんざりなんだ、もううんざりさ！」、ちくま文庫（米本義孝訳）では「僕は自分自身の国にうんざりなんだよ、ほんとうにうんざりだ！」と訳されている。当時のアイルランドは国家ではなく、イギリスの植民地領であった。

▼3　引用は著者の訳である。多数の日本語訳があるが、著者の原文理解とはやや異なり、ここでは使用しなかった。

▼4　鳥居省三『評論集・異端の系譜』（北海道新聞社、一九八三年）。

▼5　本文中の年譜記述は、寺島春雄展「凍土――魂のマチエール」（北海道立帯広美術館、二〇〇二年、パンフレット）を参照した。

▼6　金澤伊代「フローズン・サマー」（『釧路春秋』第四一号）。

■参考資料

『釧路春秋』『北海文学』収録作品（詩：金澤伊代、小説：桜木紫乃）

『釧路春秋』38号（1997. 5）
　詩「紫雲台」
　小説「北の宝石」
『釧路春秋』39号（1997. 11）
　詩「秘密」
　小説「三月の薔薇」
『釧路春秋』40号（1998. 5）
　詩「惑う」
　小説「ジントニック」
『釧路春秋』41号（1998. 11）
　詩「フローズン・サマー」
　小説「フローズン・サマー」
『釧路春秋』42号（1999. 5）
　詩「忘れ忘れてはいけません」
　小説「別れ屋伶子番外編」
『釧路春秋』43号（1991. 11）

詩「霧色の湖にて」
『釧路春秋』44号（2000. 5）
詩「雨の檻」
小説「神様の瞬き」
『釧路春秋』45号（2000. 11）
詩「午後の天気図」
小説「十六夜」
『釧路春秋』46号（2001. 5）
詩「今日よりも長い明日」
小説「海に還る日」
『釧路春秋』47号（2001. 11）
詩「壊れてゆくときは」
小説「七月のシンデレラ」
『釧路春秋』48号（2002. 5）
詩「キスをしよう」
小説「雷鳴」
『釧路春秋』64号（2010. 5）原田康子追悼特集
随筆「大きな星」

『北海文学』85号（1999. 4）
小説「別れ屋伶子（連載第1回）」
『北海文学』86号（1999. 10）
小説「別れ屋伶子（連載第2回）」
『北海文学』87号（2000. 5）
小説「別れ屋伶子（最終回）」
『北海文学』88号（2000. 11）
小説「タンゴ・アン・スカイ」
『北海文学』89号（2001. 5）
小説「この雪がとけるまで」
『北海文学』90号（2001. 10）
小説「瑠璃色のとき」
『北海文学』91号（2002. 5）
「お別れの条件」
『北海文学』92号（2002. 9）
「明日への手紙」

あとがき

本書は日本語で書く七冊目の単行本である。前著『村上春樹　精神の病と癒し』を刊行してから四年目になる。二度目の書き下ろしである。三十三年ほど日本に滞在しているので平均すると五年に一冊は書いてきたことになる。数え年三〇歳で日本に留学し、少しは頑張ったと思っている。

しかし、いつも思うのだが、文章を書くのはつらい作業である。日本語で書くのは私にとってさらに厄介なことである。もちろん母語である韓国語で書くことが楽ということではないが、後天的に習得した日本語表現へのもどかしさはなかなか消えない。こうした表現言語においての多少の不自由さが文章行為にはかえって役立つことも多いことは知っているが、それを継続するには相当な体力を要する。言葉の意味を保持する力が年とともにますます弱まるからである。言葉は覚えた順序とは逆のかたちで忘れていくのかもしれない。

桜木紫乃という作家に注目したのは今から十年ほど前からである。直木賞受賞作『ホテルローヤル』を読んで、この作家の能力と文学精神が異質なものであると思った。それ以来読み続けてきた。「なぜ書くのか」という命題を背負って闘っているような印象を受けたからである。それからというもの、なにかと気になって、ほぼ毎日釧路の天気予報をチェックしてきた。住んでいる静岡より釧路の天気を気にする生活がいまも続いている。

今回、桜木紫乃論を書くに当たってはしばしば伊藤整と志村有弘先生を思い出した。両氏はともに北海道出身である。伊藤整は尊敬する文学者である。志村有弘先生には過去にご恩を受けたことがある。私は北海道を一度も訪ねたことがなく、また周りに北海道出身の友人もいないので、両氏の文学への思いに心を寄せつつ、地図と写真でイメージを膨らませながら、本書を書いた。

作品社には前回の『張赫宙日本語文学選集』に続き、今回もお世話になった。編集担当の福田隆雄さんにも前回に続き、たいへんお世話になった。また顔は存じないが、釧路の「古書かわしま」の店主川島直樹さんからは貴重な書籍をいろいろ提供していただいた。お礼を申し上げる。

他にもお世話になった方は多いが、お名前は割愛し、心して擱く。

二〇二三年五月吉日

◆ナ行

◆ハ行

◆マ行

◆ヤ行

◆ラ行

◆ワ行

索引

◆ア行

◆カ行

◆サ行

◆タ行

[著者略歴]

南 富鎭（なん・ぶじん、1961年～）

大韓民国慶尚北道出身の文学研究者。専門は日本近現代文学、日韓比較文学、植民地文学、松本清張、村上春樹など。

慶北大学校国語国文学科卒業。高等学校の国語（韓国語）教師を経て、1990年に日本文部省国費留学生として来日。筑波大学大学院文芸言語研究科で博士号（学術）を取得。日本学術振興会外国人特別研究員。早稲田大学、筑波大学で非常勤講師を勤める。2003年より静岡大学人文社会科学部助教授。2006年より同教授。

単著

『近代文学の〈朝鮮〉体験』勉誠出版、2001年

『近代日本と朝鮮人像の形成』勉誠出版、2002年

『文学の植民地主義――近代朝鮮の風景と記憶』世界思想社、2006年

『翻訳の文学――東アジアにおける文化の領域』世界思想社、2011年

『松本清張の葉脈』春風社、2017年

『村上春樹　精神の病と癒し』春風社、2019年

共編

『張赫宙日本語作品選』白川豊共編、勉誠出版、2003年

『張赫宙日本語文学選集　仁王洞時代』白川豊共編、作品社、2022年

桜木紫乃の肖像
——北海共和国とクシロの人びと

2023年9月25日　第1刷印刷
2023年9月30日　第1刷発行

著者——南 富鎭

発行者——青木誠也
発行所——株式会社作品社
〒102-0072 東京都千代田区飯田橋 2-7-4
tel 03-3262-9753　fax 03-3262-9757
振替口座 00160-3-27183
https://www.sakuhinsha.com
本文組版——有限会社閏月社
装丁——小川惟久
印刷・製本——シナノ印刷(株)

ISBN978-4-86182-994-9 C0095